夫は泥棒、妻は刑事2

待てばカイロの盗みあり

赤 川 次 郎

徳 間 書 店

目次

待てばカイロの盗みあり

プロローグ

「あなたったら、私という妻がありながら……」

「おい、いい加減にしろよ」

今野淳一《こんのじゅんいち》は、うんざりした顔で言った。「俺は他の女に笑顔も見せちゃいけないってのか?」

「今のはただの笑顔じゃなかったわ! 昔からのなじみの女に、『久しぶりだな』って言ってる笑いだったわ。それにあのウエイトレスったら、図々しく笑顔で返事して、『寂しかったわ』って、ちょっと恨みがましい目で見てたじゃないの。そしたらあなたが、『今度ゆっくりどこかへ連れていくからな』っていう瞬きをして、『本当? 嘘は言いっこなしよ』っと、ウエイトレスが首をかしげたら、あなたはまるで『本当だよ。お前に嘘なんかつくもんか』って言うように唇の端をちょっと上げて見せて、あの女が『私のこと、愛してる?』って訊くように眉を上げて、あなたが、『ああ愛してるよ』って肯《うなず》いて見せて、それから――」

淳一はため息をついて、天井を仰いだ。妻の真弓《まゆみ》の想像力は、夫の浮気の方面に限って、存分に発揮されるのである。

「なあ、真弓、俺はあのウエイトレスを呼び止めて、水を一杯くれと頼んだだけなんだぞ。目を合わせてたのは、たった三秒間だ」

「四秒間よ」

「四秒だっていい。たったそれだけの間に浮気の相談ができると思うのか？」

「その気になれば、不可能じゃないわ」

「俺は宇宙人じゃないんだ。テレパシーで話をする能力はない」

淳一は必死に弁明した。何しろ真弓はカッとなりやすい性質であり、特に夫の浮気に関しては、すぐに「射殺してやる」とわめくくせがあった。

真弓の場合、それはかなり現実性のあるおどし文句だった。というのも、警視庁捜査一課の刑事として、真弓は拳銃を実際に持っていたからだ。

だから淳一も必死で弁解せざるを得ないのである。

今野淳一、三十四歳。ちょっと渋いマスクと、若々しく引き締った体。真弓が多少やきもちやきになるのも当然と思わせる、いい男である。

しかし、当の真弓の方も、二十七歳の若妻で、ちょっと、お転婆娘《てんばむすめ》風《ふう》のイメージを残す可愛い女なのだ。だから、この真弓のヒステリーさえなければ、至って夫婦生活は円満であった。

まあ多少、波乱の原因となりそうなこともないではない。妻が刑事なのに、夫の淳一は泥棒であるということもその一つだったが、それは真弓のやきもちに比べれば、さしたる問題とも言えなかった……。

「まあいいわ」

真弓はやっと少し落ち着いて来た。「その代り、あのウエイトレスが水を持って来たときには、ムッとした顔でにらみつけなさい」

「無茶言うなよ」

淳一は苦笑して、レストランの中を見回した。

今夜は、真弓がしばらくかかり切りだった殺人事件が解決し、二人してのんびり夕食をとって、後はどこかドライブでもして帰ろうか、と六本木のさる高級フランス料理店へやって来たのである。しかし、下手をすると次なる殺人が起こりかねない気配だった。

店は、かなり混み合っていた。ウエイターやウエイトレスたちが、忙しく行き来している。

　ふと、淳一は誰かの視線を感じて振り向いた。さり気なく下を向いた男がいた。

　一人で、食事をしている。今まで淳一を見ていたことは間違いない。どこといって変哲のない、中年男だった。

　黒い背広。青のネクタイ。

「今度はどの女を見てるの？」

　と真弓が言った。

「よせ。——ちょっと気になるんだ」

「何が？　お腹空いたの？」

「食ってる最中だぞ。そうじゃない。黒い背広の男が一人で食べてるだろう」

「黒い背広？——どこに？」

　淳一は、もう一度振り向いた。男は席を立っていた。

「あそこに座ってたんだ」

「どうかしたの？　泥棒仲間？」

「人聞きの悪いことを言うなよ。しかし、あの男、まともじゃない」

「へえ」

淳一は食べ続けようとして、もう一度男のいた席を振り返った。

「食事の途中だな」

「トイレにでも行ってるんじゃない？」

「ナプキンを持ってか？」

「え？」

「テーブルにも椅子にも、ナプキンが置いてない」

「あら、そうね。食べちゃったんじゃない？」

と真弓は真顔で言った。

淳一は食事を続けながら、

「お前のハンドバッグは？」

と訊いた。

「ここにあるわよ」

「どっち側だ？」

「左。私の左側。——どうして？」

「いや、何でもない」

食事を続けていると、

「いかがでございますか?」

と、声がした。

ナプキンをたたんで腕にかけている。

「ええ、とてもおいしいわ」

と言って、真弓は、その男が黒い背広なのに気が付いた。

「いや、実に結構」

淳一は手を膝へ置いた。

「失礼ですが――」

と男は言った。「今野淳一様でいらっしゃいますね」

「そうですよ」

と淳一は目を見開いて、「よく知ってますね」

「お気の毒ですが、命をいただきます」

ナプキンの下から、左手に握られた拳銃がスッと顔を出した。

一発、鋭い銃声が店の中を駆けめぐった。黒い背広の男は腹を押えて、よろけると、床に倒れた。

真弓は拳銃を手に、ポカンとして立ち上がった。――淳一がテーブルの下で真弓のハンドバッグから拳銃を取り出し、男を撃って、それを真弓の手に握らせたのである。

一瞬の早業だった。

そして次の瞬間には、悲鳴が、さして広くないレストランを満たしたのである。

「な、何事です、一体？」

店の支配人らしい、でっぷりと太った男が駆けつけて来た。

「この男が女房を撃ち殺そうとしたんだ」

と、淳一は言った。「ここの従業員かい、こいつは？」

「とんでもありませんよ！」

「そうだろうな。――おい、真弓、危いところだったな！」

真弓はキョトンとしている。

「何言ってるのよ、この男はあなたを――」

淳一がそれを遮《さえぎ》って、

「いや、女房は刑事なんだ。きっと、以前女房に逮捕された奴の兄弟か何かだろう。おい、真弓、ともかく拳銃をしまって、店の人に証明書を見せてあげろよ」

「あ――あの――証明書ね、はいはい」

真弓は、拳銃を持ったままの手でハンドバッグから身分証明書を出して、支配人の

方へさし出した。拳銃を持ったままなので、銃口も、証明書とともに支配人の方へ突き出され、支配人はあわてて、

「け、結構です。ど、どうもご苦労様で……」

とペコペコ頭を下げた。

「悪いが、一一〇番してパトカーを呼んでくれないか」

淳一は言った。

「はい、ただいま！」

と支配人は答えて、「焼き具合はミディアムでよろしゅうございますか？」

と訊いた。

「――だいぶショックだったらしいな」

淳一は、支配人が行ってしまうと、空いていたテーブルの方へ歩いて行って、上にのっていた、花などをどけ、白いテーブルカバーを外して持って来た。そして、男の死体にフワリと広げてかけてやった。

「――ねえ、あなた」

と真弓は不満顔。「どうして私がやったなんて……」

「考えてみろよ」

と淳一は声を低くした。「俺が狙われたとなりゃ、動機を調べなきゃならん。そうなったら、俺の商売がばれかねないじゃないか。お前が狙われたことにすれば不思議はない」

「それもそうね」

真弓は渋々ながら納得した様子。

「ともかく拳銃をしまえよ。他のお客たちが怖がってテーブルの下から出て来ないじゃないか」

「あ、まだ持ってたのね、私」

と、真弓は手にした拳銃に初めて気付いたという様子で、「大丈夫よ。そう簡単に弾丸が出るってもんじゃないわ」

と手を振った。

バン、と爆発音がして、シャンデリアの電球が一つ、粉々になった。真弓は、うっすらと立ち昇る硝煙を眺めて、

「まあ！　いつからこのピストル、こんなに感じやすくなったのかしら？」

と言った。

1

「真弓さん！」

と叫ぶ声がして、レストランへ駆け込んで来たのは、道田《みちだ》刑事であった。

真弓の部下で、二十四歳のうら若き（？）独身青年である。

「あら、道田君。今日は非番じゃなかったの？」

と真弓は目をパチクリさせた。

レストランの中に客はもういなかった。そのかわり、鑑識課の人間たちが、死体の写真を撮ったりして動き回っている。

「そ、そんなこと言っていられますか！　真弓さんが殺されそうになったと聞いて、心臓が止まるかと思いました」

「あら、そうなの？　心配かけて悪かったわね。ご覧の通りピンピンしてるから大丈夫よ」

「本当にかすり傷もなかったんですか？」

「ええ。向うが拳銃を構えて、引金を引くより一瞬早く、ハンドバッグの拳銃を抜いて撃ったのよ。世紀の早撃ち！　見せてあげたかったわ」

真弓もすぐに悪乗りする方なのである。

「それにしても……あいつですか、真弓さんを殺そうとしたのは！」

道田は、首でも絞めかねない形相《ぎょうそう》で、死体の方へかがみ込んだ。「まるで悪魔のような邪悪な顔つきをしてますね」

「そう？　結構いい男じゃない」

「そうですね。そう言われてみるといい男ですね」

「でも、この程度ならその辺に転がってるけど」

「そう。転がってますね」

この道田刑事、真弓には絶対服従なのである。何のことはない。要するに真弓にぞっこん参っているのだ。

「何者なのでしょう？」

「私が知ってるわけないじゃないの」

と言ってから、真弓はエヘンと咳払いして、

「まあ——今、一生懸命に思い出そうとしてるところなのよ」

とごまかした。

「きっと真弓さんを恨んでたんですね。昔、殺人罪で刑務所へ送った男じゃないんですか？」

「昔、って言うけどね、道田君。私、刑事になって、何十年もたってるわけじゃないのよ」

「あ、そうか。じゃ、小学校の頃にでも振った相手なんじゃないですか？」

「その程度のことで殺されちゃかなわないわ」

と、真弓は苦笑した。

「やあ、道田君じゃないか」

と、淳一がやって来た。

「あ、今野さん、よかったですねえ、真弓さんが無事で」

「全くだ。僕はもう、奴が拳銃を取り出したのを見ても、ただポカンとしているばかりでね。――お恥ずかしい限りだよ」

「今野さんは刑事じゃないんですから、仕方ありませんよ」

道田が同情するように言うので、真弓は笑い出しそうになるのをこらえていた。

「本当は、僕が真弓の代りに射殺されてれば嬉しかったんじゃないのかい？」

淳一が道田をからかった。

「と、とんでもない！」

道田はあわてて否定したが、「そう……そういえば、その可能性もあったわけですね」

と、何事か考え込むように呟いた。

「——からかうもんじゃないわよ。本気にしてるわ」

と、真弓がそっと淳一のわき腹をつつく。

「そんなことより、あの男、何か持ってたか？」

「ポケットは空《から》、身許の分かりそうなものは一つもないわ」

「だろうな」

と淳一は肯いた。

「——だろうな、って、あなた知ってたの？」

「あれはプロだよ」

真弓はいぶかしげに、

「プロ？　プロレスラーか何か？」

「おい……。俺が言うのは、殺しのプロのことさ」

「どうして分かるの？」

と真弓は不思議そうに言った。「殺し屋協会の会員証でも持ってたの?」

「そんなものあるか」

「じゃ、どうして——」

「いいか、あいつの扱っていた拳銃には、サイレンサーさえついていなかった。あいつは俺を撃って、騒ぎになっても、充分逃げられると思っていたんだ」

「甘いわよ! 私が、拳銃を抜いて必殺の一弾!」

「西部劇じゃないぞ。ともかく、あの度胸はとても、素人のもんじゃない。それに、身許の分かるような物を何も持ってないのを見ても、その筋の奴だと分かるよ」

「フーン。でも、プロの殺し屋に狙われるような悪いことをしたの?」

「お前、少しは考えてものを言え」

「どうして?」

「いいか、俺は殺し屋に狙われたんだぞ。殺し屋はいい人間か、悪い人間か?」

「良くはないわね」

「そうだろう? つまり俺は悪い人間に狙われた。故に俺はいい人間なんだ」

真弓はしばし考え込んでいた。——淳一はポンと肩を叩いて、

「ま、深く考えるなよ」

と言った。「お前はこの男の身許を洗ってみてくれ。俺は俺で、こいつを誰が雇ったのか、調べてみる」

「雇った?」

「そうさ。プロが、雇われずに人を殺すと思うか? それに、個人的な恨みなら、いちいち、俺の名前を確かめたりするはずがない」

「じゃあ、誰かがあなたを恨んで……」

と言いかけて、真弓はジロッと淳一をにらみ、「まさか、振った女じゃないでしょうね!」

「馬鹿いえ。あんなプロに仕事を頼むのは、やはりプロしかいない」

「今度は何のプロ?」

淳一は肩をすくめた。

「さあな……。おそらく、俺が生きてちゃ邪魔になる奴の仕業だろう」

と言った。

「──おい、もう死体を運び出していいぞ」

と、警官が大声で怒鳴《どな》った。

「静かにしろよ」

と同僚があわてて言った。「こんな狭い店なんだぞ」

「あ、そうか。ついでかい声を出すくせがついてるんだ」

店の奥から、若い女性が出て来た。

「あれは？」

と、淳一が不思議そうに言った。

「お客さんよ。あの騒ぎで気分が悪くなったって言うんで、店の奥で休ませてあげていたの」

「ふーん。親切なんだな」

「今頃分かったの？」

淳一は、その若い女を見ていた。

年齢は二十二、三歳というところだろうか。どちらかといえば小柄だが、スタイルはバランスがとれて、ＯＬ風のあっさりしたスーツが良く似合っていた。

少し青ざめているのは、まだ完全に元気になっていないのだろうか。

「――もう大丈夫なの？」

と、真弓が歩いて行って声をかけると、

「どうもすみませんでした」

と頭を下げる。

「いいのよ。あんな場面に出くわしたら、誰だって気分悪くなるわ」

死体が、布をかけられたまま、運び出されていくのを、その若い女は、じっと見送っていたが、ふと我に返った様子で、

「――じゃ、もう帰ります」

と言った。

「そう。気を付けてね」

「どうも……」

その女が店を出て行くと、淳一が真弓の方へやって来た。

「お前はどうするんだ？」

「死体について行かなきゃ。私が撃ったんですもの。そうでしょう？」

「そうだな。じゃ、先に帰ってるぜ」

「ええ。たぶん遅くなるから、寝ないで待ってて」

真弓の言い方は、少々理屈に合わない感じであった。

「おい、道田君」

と淳一は道田へ声をかけた。「僕は先に帰る。真弓を頼むよ」

「はい！　任せて下さい」

と、大張り切りだ。

「ともかく、真弓は狙われてるんだ。いつまた殺そうとする奴が現われるかもしれない」

「分かってます」

と、道田は真顔になった。

「そのときは君だけが頼りだからね」

「命にかえても真弓さんを守ります！」

単細胞の典型とでも言うべきであろう。

淳一は、店を足早に出ると、左右を見回した。

道の向う側に、今、そこから出て行った女が立っている。タクシーでも待っているのだろうか。

淳一は、少し歩いて、道を渡った。ちょうどやって来た空車を、あの女が停めて乗り込むのが見えた。淳一は、ちょっと考え込んでいたが、もう一台空車が続いて来たのを見て、決心した。

そのタクシーを停めて乗り込むと、

「あのタクシーを追ってくれ」

と、淳一は言った。

「尾行ですか」

「ああ。うちのお袋、時々、発作を起こすと、タクシーの運転手を殺すくせがあるんだよ」

淳一が真顔で言った。


「——見て、新聞にも出てるわ!」

次の朝、真弓が、淳一を叩き起こして言った。

「何だよ、宝くじの発表か?」

淳一は欠伸《あくび》をしながら、「千円ぐらい当ったのか?」

「昨日の事件のこと言っててんじゃないの」

と、真弓がふくれる。

「ああ、そうか。——何て出てる?」

「〈婦人警官、殺し屋と決闘!〉って出てるわ。週刊誌から取材の申し込みもあったのよ」

「呆れたな！」

淳一は目を丸くした。

顔を洗って、ダイニングキッチンへ入ると、真弓が新聞を五、六種類も並べて広げている。

「そんなに色々取ってたか、新聞？」

「駅まで行って買って来たの」

と真弓はウットリした顔つきで、「ねえ、また殺し屋が来ないかしら？」

と言った。

「冗談じゃないよ」

と淳一は苦笑した。

すっかり、本当に自分がやっつけたような気でいるらしい。

「――おい、電話だぞ」

と淳一が言っても、真弓はてんで知らん顔。

仕方なく淳一が立って行って、電話に出た。

「はい、今野」

「あ、真弓さんですか！」

「この声が真弓の声に聞こえるのか?」

「あ、今野さん。——失礼しました」

もちろん道田である。

「今、ちょっと真弓は手が離せないんだ」

「そうですか……。いえ、実は今朝十時から会議がありまして」

「フーン。ちょっと待て」

淳一はダイニングキッチンの方へ、「おーい! 道田君からだぞ」

「——留守だって言って」

「ひどい刑事だな。何か会議があるんだとさ」

少し間があって、真弓が飛び出して来た。

「そうだわ! 忘れてた!」

受話器をひったくると、一つ呼吸を整えて、「——ああ、道田君? 会議は予定通り始まりそう?——それじゃ、あなたがお腹でも痛くなったとか言って、少し引きのばしておいてよ。——私? すぐ出るわ。今まで警備の仕方をあれこれ検討してたのよ」

「よく言うよ、全く」

と淳一が呟いた。

「じゃ、すぐ出るから」

真弓は電話を切った。「あーあ、すっかり忘れてた」

「警備ってのは、何の話だ？　またどこかへ貸し出されるのか？」

「失礼ね、レンタカーじゃないのよ」

真弓はさっさと服を脱ぎ出した。

「ヌードスタジオにでも行くのか？」

「シャワーを浴びるのよ」

と真弓は言った。

「別に汗くさくもないぜ」

「今から汗をかくの」

真弓が淳一めがけて飛びかかった……。

二十分の後、二人はシャワーを浴びていた。

「――じゃ、〈古代エジプト秘宝展〉を警備するのか？」

「そうなのよ。失礼しちゃうわ。ガードマンじゃないのにね。――でも楽は楽でしょ。一日中、ブラついてりゃいいんだから」

「そうか？――いろいろ要人も来るんだろう」

「そういうのにはＳＰがつくわ。私たちは、爆弾とか妨害とか、泥棒とかに気を付ければいいわけよ」

真弓は、わざと〈泥棒〉というところにアクセントを置いて言った。

「よせよ。そりゃあんな物はバカ高い値がついてるだろうが、貴重な文化遺産だぞ。俺はそんなものに手を出さない」

「へえ、感心ね」

「何か泥棒でも入りそうな様子なのか？」

「別にそういうわけじゃないけど……。あなたが入らなきゃ大丈夫かもね」

「見に行くぐらいは行ってもいいな。しかし、ピラミッドが陳列してあるわけじゃあるまい」

「当り前よ」

「ピラミッドぐらいなら、盗みがいがあるってもんだがな」

「馬鹿ね。どこに置いとくの、そんなもの」

「庭に置いて、滑り台を作る」

と淳一は真面目くさった顔で言った。

「——以上が警備のあらましである」

と課長は言って、ぐるりと机を見回した。

誰もが緊張した顔つきである。課長は満足そうだった。

「課長」

と、道田刑事が言った。「質問があるのですが」

「言ってみろ」

と課長は肯《うなず》きながら言った。

「あの——トイレに行ってもいいでしょうか?」

課長が顔を真赤にして、何か怒鳴《どな》ろうとしたとき、会議室のドアがサッと開いた。

「遅くなりました」

真弓は平然と一礼すると、空《あ》いた席へさっさと座って、「——じゃ、警備のあらましを聞かせていただけますか?」

と言った。

課長は深々とため息をついた。しかし、この課長、日頃から女性の味方を自称しており、真弓の如き有能な女性に——しかも美人に——腹を立てたくなかった。

「うん……。まあ、細かい点は、各自の判断に任せるが、ともかく一週間の展示の間、何事も起こらないように、心して警戒に――」

「何日から何日までですか?」

「――そこの資料に書いてある」

「あ、そうか、で、場所はどこですか?」

「それも資料に書いてある」

「あ、ほんとうだ。字が下手で読めなかったわ」

「私の字だ」

と、課長は空しさを感じさせる声で、言った……。

「失礼します」

と、ドアが開いて、事務の女の子が入って来た。「――あの、今野さんに、週刊誌の記者が会いたいと……」

「重要会議中だ!」

と、課長は八つ当り気味に怒鳴った。

「でも……課長にも出ていただきたいんだそうです」

「私に?」

「はい、ぜひ一緒に、と――」

「そうか」

課長はさっさと目の前の書類を片付けると、「後は各自、資料をよく読んでおくように」

と言って、会議室を出て行ってしまった。

「じゃあ、ともかく皆さん、頑張りましょうね」

と真弓はにこやかに一同の顔を見回して、「道田君、早速出かけましょう」

と促し、立ち上がった。

「は、はい」

道田が真弓の後について出て行く。――残った面々は、しばし顔を見合わせていたが……。

「――大丈夫なのかなあ、うちの課は」

と一人が言った。

「課長があれだからな」

「もし今度の秘宝展で何かあってみろよ。どうなる?」

「課長は格下げだろうな」

「お前は分かっちゃいないんだよ。課長がクビになろうが、地の涯《はて》に飛ばされようが、そんなことかまやしねえじゃねえか」

「そりゃまあそうだけど……」

「問題はな、自分は今の椅子にしがみついて、代りに俺たちに責任を取らせるかもしれねえ、ってことさ」

「――まさか」

「お前は甘いんだよ！　あの課長なら、それぐらいのことは平気さ」

「そうかなあ……」

「そうだよ。お前も気を付けた方がいいぜ。お前が見張っているときに、何か展示物が盗まれるか、傷つけられるかしたら、まずお前は腹を切らされるからな」

「腹を？――痛いじゃないか！」

「馬鹿。クビになるってことだ。一家路頭に迷って、のたれ死にさ」

「そ、そんなのは困るよ。うちは長男が生まれたばかりなんだ。それに上は女の子で、金もかかるし――」

「そんな言い訳は通用しねえよ。まあ、今度の警備に当る者は、首を洗っといた方がいいぜ」

どの程度本気で言ったのか。——ともかく、会議室はしばし通夜のような沈滞ムードに支配された。

「うちは住宅ローンの払いがまだ二十五年もあるんだ……」

と、一人が言い出せば、

「俺の所は、俺と女房の、両方の親が元気なんだ。四人もだぜ！　倍の給料でももらわなきゃ合わないよ」

と嘆く。

「やっと十年乗った中古車とおさらばできると思ったのに……」

「ボロい官舎から出て、来年はマンションが買える、と女房はそれだけを楽しみに、昼飯をカップラーメン半分にして我慢して来たんだ」

「後の半分はどうするんだ？」

「子供と猫で分けるんだ」

救い難い、暗いムードである。

「ともかく……」

と、一人が口を開いて、「この任務の間、何事もないように、神に祈ろうじゃないか」

と言い出すと、みんなが、厳粛な表情で肯いたのである。

「神よ、我々が職を奪われずに済むように、守り給え」

と、即席の祈りの言葉が流れる。

そこへドアが開いて、取材され、写真も撮られてご機嫌の課長が入って来た。

みんなが一斉に十字を切り、

「アーメン」

の大合掌が会議室を満たした。

課長は、まるで葬列のように、重い足取りで、部下たちが出て行くのを、呆然として眺めていた……。

2

「――資料によると、ここが私たちの警備する部屋ね」

真弓は、美術館の案内図を見ながら言った。

「ここですか」

道田刑事は中を見回して、「あんまり広くありませんね」

と言った。

そこは円形の部屋で、中央を通路が横切っており、出口、入口に当る所で切れている他は、グルッと円の内側に陳列ケースが並んでいる。

円の直径は、およそ三十メートルというところだった。上は高い丸天井で、どうやら、外から見ると、まるで天文台のような半球形のドームになっているらしい。

その天辺《てっぺん》近くの、明り採りの窓から、白い光が薄いヴェールのように垂れている。

「大した物は置いてないみたいですけどね」

と道田が言った。

「何を言ってるの！〈古代エジプト秘宝展〉は来週からよ。そのときには、とても貴重な財宝が並べられるのよ」

「財宝か！――いいなあ」

道田は突然夢見るような目つきになった。「真弓さん、警備した人に、苦労をねぎらう意味で、財宝を一つぐらいくれませんかね」

「訊いてみたら？」

と、真弓は言った。「――でも、こんな所に泥棒に入る物好きもないでしょうね。区画毎に、刑事が二人。夜中でも、合計十人の刑事が中に張り込んでるんですものね」

「でも、もし入って来たら？」

「そのときは――」

真弓はバッグをポンと叩いて、「一発で仕留めてやるわ」

と凄んだ。

「僕らのいないときに起こってくれるといいですね。どうせ何か起きるんだったら」

「そういう情ないことでどうするの！」

真弓は道田をにらんだ。「じゃ、他を見て回りましょ」

「何か面白い物があるんですか？」

「いいこと、私たちは見物に来たんじゃないのよ。来週からの警備に備えて、下見に来たんじゃないの」

「それは分かってますけど……」

「防犯装置がどうなってるか、見ておきたいのよ」

真弓はさっさと歩いて行った。道田があわてて後を追う。

二人が円形の部屋を出ると同時に、反対側の入口から、一人の女が入って来た。そして、真弓たちが〈順路〉に従って、歩いて行く後ろ姿を見て、足を早めて、円形の部屋を出ようとした。

不意に、一人の男が出口に現われて、女の行く手を遮《さえぎ》った。

女は、その男のわきを急いですり抜けて行こうとした。男が素早く動いて女の前に立った。

「どいて下さい」

と、女は言った。

「やめとくんだね」

と、男は言った。

「何のことですか?」

「警官を殺したら、死刑は間違いないぜ。だから忠告してるんだ」

淳一はそう言って、「あの殺し屋とどういう関係だったのか知らないが――」

「あなたは――」

と、女が淳一のことに気づいて、二、三歩後ずさった。

「思い出してくれたかな」

「あの女の亭主ね!――ちょうどいいわ、一緒に殺してやる!」

女はハンドバッグへ素早く手を入れた。まさぐる手が止った。

「これを捜してるのかい？」

と、淳一は上衣のポケットから、小型の拳銃を取り出して、女に見せた。

「いつの間に……」

「君はここへ入ってから、女刑事にばかり、気を取られていたろう。すり取られても分からなかったんだ」

女がハンドバッグの中から、鉄製の文鎮を取り出した。

「バッグが急に軽くなると気付かれるからね、そいつを代りに入れておいたよ」

女は青ざめた。そして淳一めがけて文鎮を投げつけた。淳一が頭を沈める。文鎮は空を切って、遠い床に転がった。

体をかがめた拍子に、淳一の手に乗っていた拳銃が前へ落ちた。女が身を投げ出すようにして、拳銃に飛びついた。

「――取り戻したわよ！」

女は起き上がって、拳銃を持ち直した。銃口が淳一の胸に向く。

「覚悟なさい！」

女はそう言って引金を引いた。カチッ、と金属のぶつかる音がしただけだった。

――女の顔がこわばる。

淳一が、済まなそうな顔で、

「弾丸は抜いてあるんだ。悪いね」

と、右手を開いて、六発の弾丸を見せた。

女は、急に全身から力が抜けたように、ダラリと手を下げ、うなだれた。

「――どうかしましたか？」

と、淳一の背後から声がした。

警備員である。何しろ中は人気《ひとけ》がなくて静かだ。何やらもめ事が起こっているのかと、声を聞きつけて来たのに違いない。

「いや、何でもないんです」

淳一は、女の体を半分隠すようにして、「ちょっと話がもつれましてね」

と、女の腰へ手を回した。

その途中で、淳一の手は女の手から拳銃をもぎ取っていた。

「ここは美術館ですよ。お話は外でやって下さい」

と警備員が渋い顔になる。

「すみません。すぐ退館しますから」

淳一は女の肩を抱いて、入口の方へと戻って行った。女も逆らわなかった。

美術館を出て、砂利を敷きつめた前庭へ足を踏み入れると、淳一は女の肩から手を離した。——こんな所を真弓に見られたら、即座に射殺されそうだ。

「どうして私を——」

と言いかけて、女は、言葉を切った。

「君の名前は？」

と淳一は訊いた。

女は一瞬ためらったが、諦めたように肩をすくめて、

「千住久美子《せんじゅくみこ》よ」

と言った。

「なるほど」

淳一はゆっくり肯いた。

「何が『なるほど』なの？」

「あの殺し屋は君のお父さんか」

「ええ」

「千住——久夫《ひさお》といったかな」

千住久美子は、目を見張って、

「どうして父の名を……」

淳一はニヤリと笑った。

「俺は裏の世界に色々と知り合いが多くてね。しかし、分からないな。君の親父さんは、プロの中のプロと言われていた人だろう」

「そのようね」

と、千住久美子は、ちょっと目を伏せて、言った。

「どうして余計なことを言ったのかな。殺《や》る相手の顔も知らないはずはない。黙って殺せば良かったのに」

「私には分からないわ」

と千住久美子は、淳一を見た。

目の表情が変わっていた。

「どうして私のことを……」

「あのとき、君は気分が悪くなって店の奥で休んでいるとのことだった。そこへ警官が、死体を運び出す、と大声を出した。すると君が奥から出て来た。――あの声が君に聞こえなかったわけはない。気分の悪くなった女の子が、死体が運び出されると聞いて出て来るというのは、ちょっとおかしいじゃないか」

「それで私を――」

「君はきっとあの死んだ男を知っていて、見送りたかったんだろう、と思った。だから、あそこから君の後を尾《つ》けたんだ」

「そうなの……。気が付かなかったわ」

淳一は、拳銃と弾丸を、彼女のバッグへと戻した。

「返しておくよ。――君は、なぜあの場にいたんだ？」

「そんなことを訊いて、どうするの？」

「親父さんは、俺の女房を殺そうとしたんだぜ。それぐらいの質問をする権利はあると思うがね」

淳一は、相手の表情を見つめていた。――どうやら、彼女は、父親が本当に狙っていた相手が誰なのかを、知らなかったらしい。

「父は――もう足を洗うつもりだったのよ」

と、千住久美子は言った。

「ほう。しかし、そいつは容易じゃないだろう」

「ええ、でも、何とか許してもらった、と言っていたわ。最後の仕事が、あれだったのよ……」

最後の仕事。それが往々にして、命取りになるのはなぜだろう、と淳一は思った。

「次を最後にしようと思うと失敗するもんなのさ」

と、淳一は言った。「ともかく、もう最後にしようと考え始めたとき、実際には総てが終ってるんだ。そう思ったときは、きっぱりやめておくものなんだよ」

「私もそう言ったわ」

と千住久美子は沈んだ声で言った。「もういっそのこと、すぐにやめてよ、と……。でも父は、そういうわけにはいかない。色々と義理がある、と言って」

「義理が？――誰に？」

「知らないわ」

と、千住久美子は肩をすくめた。「――もう帰っていい？　それとも、私をどこかへ連れて行って、手ごめにでもするつもり？」

「映画じゃあるまいし、その気なら、拳銃を返したりするか」

「それもそうね」

千住久美子は、ちょっと投げやりな微笑を浮かべて、「またあなたの奥さんを狙うかもしれないのに」

「もうやめろ」

と、淳一は真面目な口調で言った。「君の親父さんのことは気の毒だったが、しかし、ああいう商売をしていれば、当人も覚悟していたはずだ。プロの仕事なんだ。しくじれば死が待っていることは、分かっていたはずだ。——分かるか？　君が仕返しすることを、親父さんは望んでいないと思うがね」

「死んだ父とおしゃべりでもしたの？」

と、皮肉っぽくやり返す。

「いいや」

と、淳一は首を振った。「しかし、しゃべらなくても分かることだってあるんだ」

「何のこと？」

「君が何十年も刑務所で暮すことを、親父さんは決して望んじゃいないぜ」

千住久美子は、ギクリとした様子で、淳一を見つめた。

「あなたは……何者なの？」

と、彼女は訊いた。

「俺かい？　俺はただの……」

淳一はちょっとためらった。泥棒と名乗るわけにもいかない。

「まあ——時間や上役に束縛されない、自由業の一種、と言っとくかな」

とごまかして、「ともかく、その飛び道具はしまい込んで、二度と出さない方がいいよ」

と言った。

「そうね……」

千住久美子は、何かを考え込むような顔で、「――あなたって変わった人ね」

と言った。

「別に変わっちゃいない。男なら、女の身を心配して当り前だ」

「私の身を？」

「そうだ」

「どうして？」

「君が何も知らなきゃ、君は安全だ。しかし、親父さんが、この殺しを誰に頼まれたのか、といったことを、多少とも君が知っているとすれば、君は危い。――いや、実際に知っていようがいまいが、依頼した連中が、君が知っていると信じ込んだら、同じことだからね」

「私が……殺される、と……」

「その可能性がある」

と淳一が肯いた。「できればどこか親類の所に身を寄せることだな」

そのとき、美術館から、バタバタと駆け出して来た男がいた。

「おい、道田君、どうした？」

「あ、今野さん！　大変なんです。今、箱の中が――」

道田はあわてふためいていた。

一体何が起こったのか？

「どうやら厄介ごとらしい。君はいなくなった方がいいと思うぜ」

と淳一は言った。

「分かったわ」

千住久美子は一つ息をついて、「あなたにお礼を言わなくちゃならないのかしら？」

「そんな必要はないよ。――また会うことになるかもしれない」

「私もそんな気がするわ」

と言うと、千住久美子は足早に立ち去った。

道田はその間に、美術館の門衛の所へ飛んで行って、何やら説明していたが、どうにも要領を得ない様子だった。――あれじゃ、いつまでかかるかわからないな、と淳一は思った。

美術館の中へ入ろうとすると、ドカドカと足音が近付いて来た。覗いてみると、どうやら、見学者らしい連中が小走りにやって来るのだ。

「人殺しだ！」

「早く逃げましょう！」

といった声が反響して聞こえて来る。

「待って！　出て行かないで！」

と奥の方から聞こえて来たのは――どうやら真弓の声らしかった。

淳一がわきへ退がっていると、あんなにガラ空きだったのに、これだけの人間がどこにいたのかと思うほどの勢いで、次々に建物から飛び出して来る。

「行かないで！」

真弓が、失恋の歌みたいなセリフを、怒鳴っていた。ただし、ムードはまるで、ない。

「警察の捜査に協力して！　逃げないで！」

真弓は出口の所で叫び続けたが、一旦外へ出てしまった人間たちを連れ戻すことはできない。

「道田君！　みんなを止めて！」

と真弓は叫んだ。「逃げる奴は射殺していいわよ！」

無茶を言う奴だ。淳一は苦笑した。

いかに道田が真弓の言うなりと言っても、目の前をワーッと駆け抜けて行く数十人の人間を一人で食い止めることはできない。ただ、唖然として見ているだけだった。

「全くもう……」

真弓は握りこぶしを頭の上で振り回した。

「諦めろよ、一体何事なんだ？」

「何事もなにも……。全く、市民があゝいう風に警察に非協力的だから――」

と言いかけて、真弓は目をパチクリさせて、「あなた！　こんな所で何やってるの？」

と言った。

「俺が美術に興味があるのは知ってるじゃないか」

「怪しいもんね」

と真弓は言った。

「真弓さん！　すぐにパトカーが来ると思います」

と道田が走って来る。

「道田君！」

と真弓が殺意をこめた目で（？）道田をキッとにらんだ。「私はね、すぐにここの責任者に会って、本庁へ連絡してもらえ、と言ったのよ。大声で『人殺しだ！』とわめきながらこの中を駆け回れとは言わなかったわ！」

「はあ……」

道田は、空気の抜けた風船のように、シュンとなった。

「おかげで、大騒ぎになって、一人残らず逃げちゃったじゃないの！　あの中に犯人がいたかもしれないっていうのに！」

「すみません……」

「おい、そんなに文句ばっかり言ってたって仕方ないぜ。人殺しだって？　それなら、現場を手つかずのままに守るのが任務じゃねえのか。放ったらかしといていいのかい？」

淳一が言うと、真弓は、

「そうだわ！」

と叫んでまた館内へ飛び込んで行った。

「やれやれ。——女ってのはすぐヒステリーを起こすんだからな」

「どうもすみません、気をつかっていただいて」

「気にするなよ。真弓はカンシャク玉みたいなもんで、爆発は派手だが、すぐ終る」

「でも……確かに僕の落度なんです」

と、道田はしょげ切っている。

「大丈夫さ。さあ、中へ入ろう。——一体どうしたっていうんだい?」

淳一が訊くのも耳に入らない様子で、道田は、

「真弓さんに嫌われたら……僕は……」

とブツブツ言っている。

「こういうことだから、俺は捕まらないんだな」

と、淳一は呟いた。

嘆くべきか、それとも、ありがたいと感謝すべきなのか。——淳一にもよく分からなかった……。

3

「見て」

と真弓が指さしたのは、高さ二メートルぐらいの、木箱だった。かなり大事な物を運ぶための木箱らしく、がっちりして、その上から更に板の枠をつけて、釘で打ってあった。そこにロープまでかけてある。

「これがどうしたんだ？」

と淳一が訊いた。「たぶん美術品でも送って来たんだろう」

「反対側に回って見て」

グルリと裏側へ回って、淳一は足を止めた。なるほど、これはかなりショッキングな光景である。箱の一部が、なぜか破られていて、そこから腕が一本突き出ていた。どう見ても、彫像の腕ではなかった。第一服を着て、手首の所まで袖がのびていたし、それに、指の間には乾いた血らしいものがこびりついていたのだ。

「手首の脈をみたのか？」

と淳一は訊いた。

「これでも刑事よ。もちろん確かめたわ」

「一体どうしてこんな所に……」

「それが分からないのよ」

真弓はため息をついた。「——ねえ、今度の秘宝展と関係あると思う？」

「俺が知ってるわけないだろう」

「冷たいのね！」

真弓はプーッとふくれた。女性の怒りは、理屈ではないのである。

「俺は退散するぜ。別に手伝うこともなさそうだからな」

「だめ！」

真弓がぐいと淳一の腕をつかんだ。「一人で帰すと浮気するかもしれないわ！」

「公私混同はやめろよ」

淳一はうんざりした顔で言った……。

「――何事だ？」

と男のだみ声がした。

真弓は箱のわきを回って、

「どなたですか？」

と言った。

でっぷり太った、五十がらみの男で、はげた頭に汗がてかてか光っている。

「あんたこそ誰だ？」

と真弓をうさんくさい目つきで見る。

「警察の者です」

真弓が証明書を見せると、男はちょっと目を開いて、

「女の刑事か！　珍しいな」

と真弓を眺め、「しかも美人だ」

とニヤついた。

「あなたは？」

「私はここの館長だ。名は――」

「竜崎《りゅうざき》さんですな。ご本を読ませていただいてます」

と淳一が出て来る。「古代エジプト美術に関しては大変お詳しいようですな」

「どうも……。あんたは？」

「これは主人ですの」

と真弓が言った。

「ご主人。――こりゃどうも」

竜崎靖二《やすじ》は、がっかりしたように、淳一へ会釈した。「やはり刑事さんで？」

「いや、僕はただ、家内について来たんです。美術品には興味がありましてね。ところがそこでこいつを見付けたというわけなんです」

と箱を叩いた。

「そうそう。一体何事です？　門衛もおらんし、受付も。中もまるで空っぽだ。どうしたのかと——」

「中にいらっしゃらなかったんですの？」

「外出していて、今帰って来たところなんです」

「じゃ、ご存知ないはずですわね。——この木箱に見覚えはありませんか？」

「さあ……。新しい品物ですかな。私としては報告を受けるまでは分からんのです」

「こういう物を受け付ける方は？」

「調査課です。責任者はたぶん……上の事務室におると思いますがね。こいつに何か問題でも？」

「後ろへ回ってみて下さい」

「後ろへ？」

竜崎館長は、けげんな顔で、その木箱の向う側へと回って行った。——そして、しばらく出て来なかった。

真弓と淳一が顔を見合わせる。——二人は木箱の裏側へ回って見た。

「まあ！」

と真弓が声を上げた。

竜崎が、もののみごとに大の字になって気を失っていたのだ。

「呆れた。割と気が弱いのね」

と真弓が竜崎を見下ろす。

「そりゃ、普通の人間は死体なんぞ見慣れてないからな」

「それにしたって、気絶なんて――」

「おい。見ろよ」

と、淳一は遮った。

「え？」

「死体の手だ。指環をしてる」

「そうね。でも別に指環ぐらい――」

「よく見ろよ。ちょいと変わってるぜ」

「本当だ。何か浮彫がしてあるわ」

「蛇だな」

真弓は顔をしかめた。

「私、蛇やトカゲの類は苦手なのよ」

「そんなこと言ってないで、そこにひっくり返ってる館長さんの手を見ろよ」

「館長の手がどうしたの？」

とかがみ込んで、真弓は、「あら、同じ指環をはめてるわ！」

と声を上げた。

「なるほどな……」

淳一は顎を撫でながら言った。「いくら気の弱い男でも、手を見て気絶というのはおかしいと思ったよ。——きっと、この館長さん、中にいるのが誰なのか、分かったんだぜ」

「それで気を失ったのね。でも、蛇の指環って、何の意味なのかしら？」

「さあな。気が付いたら、訊いてみるんだな」

と淳一は言った。「サイレンだ。やっとご到着のようだぜ」


「えらく頑丈だな」

と、一人が汗を拭って言った。

「もうちょっとだ。ここを外せば、蓋が開けられる」

警官が三人がかりで、木箱をこじ開けにかかっているのである。

「早くしてくれ。忙しいんだ」

検死官の矢島がうんざりした顔でせっついた。

「もうちょっとですよ、待って下さい。——それ、引張れ！」

メリメリ、と音がして、箱の側面の板が一枚、はぎ取られた。——ちょうど、死体はそっちへ寄りかかっていたらしい。

ほとんど硬直した死体がゆっくりと倒れて来ると、箱をこじ開けていた大男の警官が、

「ワッ！」

と飛び上がった。

もちろん、中に死体があることは、誰しも承知しているのだが、やはり、いざ目の前に倒れて来ると、一瞬シンと静まり返って、動かなかった。

すぐに仕事にかかったのは検死官の矢島だった。——それが合図だったかのように、鑑識班も動き出す。

「どうですか？」

と真弓は矢島に声をかけた。

「背中に刺し傷がある。かなり深いな。これが致命傷だろう」

「死後どれくらい？」

「あわてるな。そう簡単に分かるか」と矢島が言った。「――結構たってはいるぞ。たぶん、二、三日はたっとるんじゃないかな」

死体は、竜崎とほぼ同じ、五十歳前後の男だった。きちんと着込んだ背広は、一見して上等な物と分かる。

真弓は竜崎の方を振り向いた。竜崎は、ずっと離れた所に立って、死体からは目をそらしている。

「竜崎さん。こちらへ来て、死体を確認していただけませんか」

と真弓は言った。

「ど、どうして私が？」

竜崎はますます青くなった。

「ご存知の方なんでしょう？――さあ、どうぞ」

竜崎は渋々やって来ると、チラリと死体へ目をやって、

「私の友人です」

と言った。

「何という方ですか？」

「大野といって――ええと、大野……晋郎《しんろう》といったかな。名刺があると思います」

竜崎は、ポケットから名刺入れを出して、中を探り、

「ああ、これだ」

と真弓に渡した。

「〈大野美術〉――美術品の売買をやってたんですか」

「そうです。輸入が主でしたが……。私も仕事の上で付き合いがあって」

「もっと親しかったんじゃありません？」

と真弓は訊いた。

「どうしてです？」

「同じ指環をしてらっしゃるからです」

竜崎は、ちょっとギクリとした様子だったが、すぐに引きつったような笑いを浮かべて、

「ああ、これですか。これはその……ゴルフ仲間のシンボルみたいなものでして」

「ゴルフ仲間？」

「ええ。私と――大野さん、それに、やはり同じような関係の仕事をしている人、二

人で、よく一緒にやるのです。個人的にも親しいものですから……」

「じゃ、竜崎さんを含めて四人の方ですね。みなさんこの指環を？」

「そのはずです。まあ、いつもはめているかどうかは知りませんが」

真弓は、まだシュンとしている道田を呼んで、大野晋郎の名刺を渡し、

「自宅へ連絡してちょうだい」

と言った。「それから、捜索願が出ているかどうかも調べて」

「はい！」

失点を挽回すべく、道田は張り切ってかけ出した。——少ししてドタン、バタン、と、どうやら転んだらしい音が聞こえて来た。

「大野さんが殺されたことで、何かお心当りは？」

と真弓が訊くと、竜崎は肩をすくめて、

「さっぱりです。実に律儀な商売をやる男で、偽物の鑑定眼も確かだった。決して妙な品物は売りませんでしたよ」

「仕事上でも、ご関係があったんですね？」

「いくつかの品は彼の手を経て入って来たものです。しかし、決して不正や馴れ合いなどは——」

と、ちょっとむきになって言いかけ、竜崎は口をつぐんだ。

「——語るに落ちた、ってのはこのことだな」

と、淳一がそっと呟いた。

真弓は、少し離れて立っていた淳一の方へやって来ると、

「何て言ったの?」

「どうも、あの館長さんも真っ白とは言えないようだな」

「よほど何かに怯《おび》えてるのね。でなきゃ、手を見ただけで気絶したりしないわ」

「同感だ。ただびっくりしたんじゃなくて、自分自身に恐ろしいことが迫ってると思って慄《ふる》えあがったんだな。——美術品輸入のインチキか、リベートか……。それじゃ話が単純すぎて面白くないが」

「単純な方が、こっちは楽よ」

と真弓は言った。「——あ、あのメガネの人が、この箱を受け取った人らしいわね。ちょっと行ってくるわ」

「俺のことにはお構いなく」

と、淳一は頭を下げた。

「——はあ、調査課の中山です」

度の強いメガネを直しながら、その男は言った。山奥の学校教師というタイプで、何だか寸足らずの背広に、よじれたネクタイがいかにも野暮《やぼ》ったかった。

ちょっと老けて見えるが、たぶん実際は三十七、八であろう。

「中山さん、あなたがこの木箱を受け取ったんですね？」

「そうです。――いや、そうでない、とも言えます」

「どういう意味です？」

「つまり、品物はいつも裏門へ運ばれて来ます。そこにも受付がありまして、そこから私のところへ電話がかかるんです」

「この箱の場合は？」

「ええ、午前十時頃でしたかね。裏門の受付から、荷物が一つ届いていると電話がありました。私は、おかしいな、と思ったんですが――」

「おかしい、というのは、どうして？」

「いや、こういう荷が着くときは、必ず前の日に業者から連絡が来るものなんです」

「それが来ていなかったわけですね」

「そうです。昨日は私も外出していましたし、誰かが電話を受けて、伝言するのを忘れているということもありますから、さして気にもせず、裏門へと降りて行きました」

「事務所は上に？」

「三階が事務室になっているんです」

「分かりました。それで？」

「伝票を見ると、〈大野美術〉となっていて、運送の車も、いつも大野さんの所が使っている会社のものでしたので、疑問を持たずに受取りサインをしました」

「中を確かめないんですか？」

中山はちょっと肩をすくめて、

「デパートの配送品と違って、こういう物の扱いは慎重を要しますのでね。そう簡単に中を覗いて、間違いないし、ってわけにはいかないんです」

「すると、後で調べるわけですね？」

「そうです。閉館してから、何人がかりかで箱を開けて、中の品物をチェックします」

「じゃ、その箱の場合は、裏門からここへ運んだわけなんですね？」

「そうです。運送会社の男と、私も手伝いましたが、それに——裏門の方の受付の人と。ここは来週からの古代エジプト秘宝展のための準備室として、あけてあるので、ここへひとまず運び込むことにしたんです」

「そのときに、箱にあの破れ目はありましたか？」

「いいえ、ありませんでした」

と中山は即座に答えた。

「確かですか？」

「あれば気が付きます」

「じゃ、ここへ運び込まれてから、破られたということになりますね」

「そうらしいですね。――まあ、その後はずっとここに置いてあったわけですから、近付こうと思えば、難しくはなかったと思いますが」

「その後、ここへ来ましたか？」

「いいえ、今が初めてですね」

真弓が肯くと、中山は、

「秘宝展の準備で忙しいので、失礼していいでしょうか？」

と言った。

「ええ。――どうぞ。また何かお訊きすることが――」

真弓が言いかけたときには、中山はもう数メートルも向うへ行っていた……。

淳一がやって来ると、

「――美人に関心のない男もいるんだな」

「それ皮肉？」

「そうじゃねえさ。しかし、箱から死体が出たってのに、やけに落ち着き払ってるな、あの男」

「私もそう思うわ。――ねえ、あなた、あの人を監視してくれない？」

「冗談じゃない。こっちは、公務員じゃねえんだぞ」

「ケチね」

「俺には俺の仕事がある」

「――あの死体なら盗んで行ってもいいわよ」

と真弓が言って微笑んだ。「お安くしとくわ」

「遠慮するよ」

「ところで、あなた、ここへ何しに来たの？」

「さあ、よく憶えてないな」

と淳一はとぼけた。「ともかく、これで殺人が起こって、お前も本業に戻れるじゃないか」

「そうね。でも……きっと課長のことだもの、ここの警備をやりながら捜査しろ、とか、無茶言うんじゃないかな」

「この殺しが、来週の秘宝展と関係があるとしたら、その方が却《かえ》って都合いいかもしれないぜ」

「関係あるなんて、どうして分かるの？」

「あの木箱に死体を納めるのがどんなに大変なことか、お前にだって分かるだろう。蓋を開けるだけであんなに手間取ったんだ」

「そりゃそうね」

「なぜそんな手間をかけて、死体をここへ送りつけて来たんだ？　隠すためなら、意味がない。どうせ今日の夕方には開けられることになってるんだ」

「そうね。すると、明らかに、何か意味があって、ここへ送って来たのね」

「それにもう一つ、問題がある」

と、淳一は言った。「箱に穴を開けたのは誰で、そしてなぜか、ってことだ。あの木箱に穴をあけるのは容易なことじゃない」

「死体があるのを知ってたのかしら？」

「いや、知ってれば、わざわざ穴なんかあけないだろう。あんな穴をあけるには、少しは時間もかかるし、音もする。その危険を冒して、なぜあんなことをしたのか、だ」

「分かんないわね」

と真弓は首をひねった。大体が考えることは得意でないときている。

「それに、だ」

「まだあるの？」

「どうして腕が外へ出ていたか、さ」

真弓はちょっとポカンとしていたが、

「――そうか」

と言って、肯いた。

「分かるだろう？　死体は硬直してるのに、あの破れ目から腕が自然に出るわけはない。引張り出すのは大変だったろう」

「どうしてそんなことをしたのかしら？」

「さあな」

と淳一は肩をすくめた。「その辺はお前の領分だ」

「もう、狡《ずる》いんだから！」

と真弓は淳一をにらんだ。

泥棒に警察の仕事を手伝わせるのと、どっちが狡いんだ、と淳一は心の中で言った。

「ともかく、あの荷物の発送を依頼した人物から当ってみるわ。締め上げりゃ何かしゃべるわよ、きっと」

「お前にいじめられたら怖いな」

「からかわないで、心優しき女性なのよ。せいぜいピストルの銃口を口の中へ突っ込んで、しゃべらせるぐらいだわ」

と、真弓は平然と言った。

「――そうか、もう一つ考え方があるな」

と淳一は思い付いたように、「あの木箱の破れ目から死人の手が出てたことだ」

「何なの?」

「あの死人は空手の達人で、自分で板をぶち破ったのかもしれないぞ」

「――公務執行妨害で逮捕するわよ!」

と真弓は拳を振り回した。

淳一はあわててその場から逃げ出した。

4

「美術商ってもうかるものなんですね」

と道田がしみじみと言った。

道田の如き、感激屋でなくとも、確かにため息が出るような家だった。

〈白亜の邸宅〉といえばピッタリきそうな、豪邸である。都心の一等地なので、さすがに敷地こそ広くなかったが、ちょっと入るのに咳払いの一つもしたくなる建物である。

「奥さん、寝込んでるんですって？」

と真弓が訊いた。

「僕は独身ですよ」

「道田君のことを訊いてんじゃないわよ！　ここの奥さんのことよ」

「あ、そうですか。——ええ、ご主人を亡くされたショックで、床についてるという話でした」

「じゃ、あんまりしつこく訊かないようにしなくちゃね」

真弓は玄関のチャイムを鳴らして、応答があると、「警視庁の者です」と名乗った。

少し待って、ドアが開き、若いお手伝いらしい娘が顔を出した。応接間へ通されて、待つことしばし……。

ドアが開いて、

「お待たせいたしました」

と入って来たのは、ちょっと驚くほど若い、たぶん三十そこそこに思える、色白の美人だった。黒っぽいワンピースが、引き締った美しさを感じさせて、大野の若い未亡人に、一種の悲壮感を与えている。

「大野の家内でございます」

と深々と頭を下げる。

「ど、どうも……。こんなときにお邪魔して申し訳も――」

「いいえ、お仕事でございますもの」

大野葉子《ようこ》は、端然とソファに座った。

真弓の質問にもスラスラと淀《よど》みなく答えた。

「――主人の仕事のことは、何も知らされておりませんので。――お客様も、仕事の関係の方は、事務所の方でお会いしますから、こちらへは……」

「すると、ご主人を恨んでいたような人の心当りは？」

「それがさっぱり……」

と、葉子は首を振った。

美女が首を振ると風情がある。これが道田刑事あたりなら、また二日酔かと思われるのがオチである。

「外では、かなり〈やり手〉と言われていたそうですけど、うちでは優しい主人でしたから」

「そうですか。――失礼ですけど、いつ頃ご結婚を？」

「まだ、ほんの三年ほどにしかなりません。ご覧の通り、年齢が違いますので、そのときはあれこれ言われましたけれど……」

「そうですか。――本当にお気の毒でした」

「恐れ入ります」

葉子がハンカチを出して、そっと目尻を拭った。たとえ本当は目にゴミが入ったのであっても、やはりそうは思えないのである。

「美術館長の竜崎さんとはお知り合いですか？」

「はい。よく一緒にゴルフを――」

「何か――四人で、よくご一緒されたとか」

「ええ。竜崎さんと、それから国会議員の宇永さん、それに評論家の戸川さん、そして主人の四人でした。何となく気が合うと申しますか、よくお互い、行き来していたようです」

「ここにはよく集まっていたんですか？」

「はい。月に一度は必ず。皆さんお忙しい方ばかりですから、たいていは夜でしたけれど」

「いつも、どんなお話を？」

「さあ……私は話には入りませんでしたので、良く分かりません。男の方ばかりですから、仕事のことも良く話されていたようですが……」

「ご主人が指に蛇の彫ってある指環をしておられたのはご存知ですね」

「はい。他の三人の方々も、みなさんはめておいでですしたわ」

「何の意味だったか、ご存知でした？」

「さあ……。仲間意識といいますか――一種のバッジのような物だったのではありませんか？」

「いつ頃からはめておられました？」

「さあ……」

と、葉子は少し考え込んで、「はっきりは存じません。でも、ともかく私が結婚したときは、もうはめていましたから、それ以前であることは確かですの」

「そうですか」

真弓は肯いた。「――何とか手を尽くして犯人を逮捕してみせます」

「どうかよろしくお願いいたします」

と大野葉子は深々と頭を下げた。

「――あの、ぶしつけなようですけど、ご主人とは、どこでお知り合いになられたんですの？」

「ええ……。私、大野の秘書をしておりまして、それで――」

葉子が言いかけたとき、ドアの外で、男の高笑いが聞こえた。そしてドアが開くと、二十二、三歳と見える青年が立っている。

「よくも白々しいことが言えるなあ」

と、セーター姿のその若者は皮肉な笑いを浮かべて言った。「調べられりゃ、すぐにばれちまうんだぜ。あんたが元は売れない役者で、アルバイトに働いてたキャバレーで親父に食らいついたんだってことがね」

「進さん！」

と、葉子が頬を紅潮させて、「あなたは母親にそんな口を――」

「母親か！　笑わせるなよ。親父に隠れて、年中若い男とよろしくやってたくせに」

「何ですって！」

葉子は立ち上がって、青年をにらみつけた。「そんなでたらめを――」

「でたらめかどうか、調べてもらえば、すぐに分かるさ。警察はあんたの考えてるほど甘かないぜ」

青年は、呆気《あっけ》に取られている真弓の方へ軽く会釈して、「大野の息子の進です。このメスダヌキに化かされないように充分に気を付けて下さい」

「出て行きなさい！」

葉子の声は怒りで震えていた。

「はいはい。しかしね、親父の財産を、あんた一人にやりゃしないぜ」

ちょっとワルぶってはいるが、どことなく坊ちゃんくさい甘さのある、大野進は、そう言って出て行った。

しばらく、気まずい沈黙があった。

やがて、大野葉子は、ストン、とソファに腰を落とすと、ヒョイと足を組んだ。そしてテーブルの上の、木のシガレットケースを開け、一本抜き取ると、ライターで火を点けた。

ゆっくりと煙を吐き出すのを見ていると、それがほんの二、三分前の同じ女とは思えなかった。

「――いい妻ぶってるのも、疲れるわね」

と、葉子は口調もガラリと変わった。

「じゃ――あなたは――」

真弓の方も言葉が出て来ない。

「長いこと芝居やってなかったんで、疲れちゃった」

と笑った。「――そう。あのドラ息子の言う通りよ」

「まあ、びっくりした」

と真弓は言って、ホッと息をついた。

しかし、同時に、何となく安心もした。

やはり、葉子の演技は、どこか不自然だったのだろう。

「私はそりゃお金目当てで大野と一緒になったのよ」

と、葉子は言った。「でも、大野の方だって、それぐらいは百も承知。お互い様よ。私はぜいたくをさせてもらったし、時には若い男をつまみ食いしたわ。でもお客や他人の前では、あくまで貞淑な妻で通したたし、あの年寄りに抱かれてやってたんだものね。立派に支払いは済ませてたわよ」

「考えようでしょうね」

「私が大野を殺したと思う?」

「さあ。——殺したの?」

「やらないわ、そんな面倒なことして、ばれりゃ元も子もないのよ。それより、多少芝居をしながら、ぜいたくして暮してた方がいいもの」

真弓は、何となく葉子の言葉を信じてもいいような気がした。

「じゃ、やっぱり大野さんを殺した犯人に心当りはないの?」

「そうね……。まずあの息子ね」

「父親を?」

「珍しくないでしょ。それにあんなに仲の悪い親子も珍しいんじゃない?」

「あの息子さんは、何をしてるの?」

「大学生よ。もっとも、全然勉強には行ってないみたい。ともかく働く気もないので、いつも大野が怒ってたわ」

「職につかせようとしたの？」

「本当ならとっくに卒業してる年齢なのに、就職したくないから留年をくり返してるの。この前――一週間ぐらい前かな、凄い口論をしてね、あの進が家を飛び出してったわ」

「どこへ行ったの？」

「さあ。友だちの所を泊り歩いてたんじゃない？　大野は、『お前なんかには一文ものこしてやらん！』って怒鳴ってた」

「進さんはお金に困ってたのかしら」

「そりゃあ、いつものことよ。女の子と遊ぶ金、飲みに行く金。――どこかの女の子にできた子供を堕す費用も二度出したことがあるわ」

「かなりのものね」

「父親に愛想をつかされたことは分かってたでしょう。このままいけば、父親は何をやるか分からない。そう思えば、父親でも殺してやろうって気になったかもしれないわ」

「アリバイを調べてみるわ」

と真弓は言った。

「他にもいるわよ」

と、葉子は言った。「たとえば例のゴルフ仲間たち……」

「友だちだったんでしょ?」

「ただの友だちじゃなかったようよ。私はそうにらんでるんだ」

「どうして?」

「いつも、集まると、そりゃあ当りさわりのない話をしてるわ。でもしばらくすると、私を居間から出して、絶対に入って来るな、って言うの」

「何か秘密の話でもあったのね」

「そうらしいわ。こっちも何度か立ち聞きしてやろうと思ったけど、残念ながら、このうち、ドアがやたらと厚いのよね。ついに聞けなかったわ。――でも、最後にここで四人が会ったときは、かなり険悪だったらしいわ。時々はののしる声がして、ドア越しに聞こえてたし、三人とも帰って行くとき、ムッとした顔で、口もきかないでね」

「いつ頃のこと?」

「そうね……。あのドラ息子が家を出て、すぐ後じゃなかったかな。日にちははっき

じゃないわ」

「私には分からないわよ」

と、葉子は肩をすくめた。「ただ、大野は決して、まともな商売だけをしてたわけ

じゃないわ」

「でも、大野さんを殺すほど憎んでたなんてことが――」

り憶えてないわ」

「――どうして分かるの？」

「何となくよ。時々、怪しげな電話がかかったり、急に夜中に出かけて行ったり。一緒に暮してりゃ分かるもんよ」

「何かこう……具体的なことを知ってたら、話してくれない？」

「そうねえ」

と、大野葉子はしばらく考え込んでいた。「――そうだ。いつだったかな、わりと最近よ、何か言ってたわ。カイロがどうしたとか」

「カイロ？」

「暖めるやつじゃないわよ。カイロ博物館のこと」

「ああ。じゃ、来週から始まる、〈古代エジプト秘宝展〉のことかしら」

「そうそう。それ、竜崎さんの所でやるんでしょ？」

「ええ。――そのことで何て言ったの？」

「ベッドの中で、半分うつらうつらしながらだけど、『今度のカイロのやつで、大儲けできるかな』って言ってたわ」

「――秘宝展なんて、ただ展示するだけで、別に売るわけでもないのに、どうして儲かるのかしら？」

と、真弓は車の中で言った。「道田君、どう思う？」

道田は何やら考え込んでいる。たっぷり十秒以上たって顔を上げ、

「あの……何か？」

と訊き返した。

「どうしたの？」

「はあ……。女って、あんなに巧く化けちまうもんかと思うと――何か人生が空《むな》しくなって来て……」

「オーバーねえ。女は大勢いるのよ」

「はあ……」

道田はてんで意気が上がらない。

「——さ、次は、議員さんを訪ねてみましょうか。十分間だけなら、時間を取って下さるそうよ。全くありがたい話だわ」

と真弓は言った。

「——どうぞ」

と中から声がして、真弓はドアを開けて入った。

「ああ、畜生！」

上衣を脱いだ、五十がらみの、よく陽焼けした男が、ゴルフのクラブを手に、くやしがっている。——パットの練習をしていたのだ。

これで忙しい？　真弓は頭に来た。

「警察の者です」

「ああ聞いとるよ、ご苦労さん。何の話かな？」

と、宇永健吉《うながけんきち》は、デスクの奥の、大きな椅子にゆったりと腰かけて言った。

「大野晋郎さんが殺されました」

「知ってるよ。気の毒だったね」

と、宇永は大して気のない口調で言った。「まあ早く犯人を逮捕してくれ」

「お心当りはありませんか」

「私に?――いや、ないね、残念ながら」

「親しくしてらしたんでしょう?」

「まあ、それは確かだが、しかし、さほど個人的なことは知らんからね」

どうも冷淡である。ゴルフの親しい仲間が殺されたにしては、大して悲しくもないらしい。

「ゴルフ以外のことでも、何かお付き合いはありましたか」

と真弓が訊くと、宇永議員は、ちょっと警戒するような目になって、

「そりゃ、お互いの家へ行って、おしゃべりぐらいはしたがね」

「他には?」

「思い当らんね」

「最後にお会いになったのは?」

「うん……。確か大野の家だったな」

「喧嘩なさったときですね」

と真弓はさり気なく言った。

みごとに引っかかった。

「ああ、そうだ。あのときだ」

と言ってから真弓をジロリと見て、「――どうしてそんなことを?」

「原因は?」

「何のだ?」

「喧嘩のです。原因は何でした?」

宇永はごまかそうかどうしようかと迷っている風だったが、やがて、諦めたように言った。

「確かに、ちょっと言い争ったよ。しかし、大したことじゃない」

「差し支えなかったら、原因を話して下さい」

と真弓は一押しした。

「それは――女房のことで」

「あなたのですか?」

「いや、大野の妻君だ。会ったかね?――若いし、美人だ。それで大野の奴、ひどく神経質だった」

「といいますと……」

「女房が浮気してるんじゃないか、というわけだ。ともかく、あの妻君とちょっと冗談を言って笑っていると、奴はジロリとこっちをにらむんだ。かなわんよ」

　葉子の話とは大分違っている。

「で、そのときも、誰かと浮気しているといって怒ってたんですか？」

「そうなんだ。全く理屈も何もない。ただやたらと怒るばかりでね。ともかく三人の仲間の中に、女房の浮気の相手がいる。それだけは間違いない、と言うんだ」

「それで喧嘩になったのですか？」

「というか、奴が一人でわめいていた、と言うべきかな」

「何かその根拠はあったんですか？」

「うん……、こいつさ」

　と、宇永は左手を出して、あの蛇の浮彫を施した指環を見せた。「大野がしばらく家を留守にして帰ってみると、これと同じ指環が、寝室に落ちていた、というんだよ」

「でも同じ指環ぐらい――」

「いや、これは我々、四人の仲間同士で特別に作らせたものなんだ。だから四つしかないはずなんだよ」

「じゃ、本当にその三人の内の誰かが、奥さんの浮気の相手だったんですか」

「そいつは分からん。そのときは我々三人とも指環を外して来ていたんだ。みんなもちろんそんなことは知らんと言っていたよ」

「でも今はお持ちですね」

「ああ、もちろん持ってるさ。私じゃないんだからな」

「館長の竜崎さんも指にはめてましたね」

「すると残るは戸川君かな」

「評論家の方ですね」

「まあ中年女性にはもてる男だからね。しかし、私の見たところ、あの大野の妻君の好みじゃないと思うが」

と宇永は言って、「まあ、人は好き好きだから、かまやせん」

と笑った。

「商売上のことで、大野さんとご関係は？」

「まあ多少ないこともない。私も古美術に興味はあるしね。しかし、一文ももうけちゃおらんよ」

と、わざわざ断っているのが、真弓には却って奇妙に思えた。

「来週から〈古代エジプト秘宝展〉が開かれますけど、あれには何か関《かかわ》り合っておられるんですか？」

「ああ、あれか。――うん、微力ながら、力を貸しているよ。開会のセレモニーにも招かれておる」

「さぞにぎわうでしょうね」

「ああ、そう願いたいもんだ」

と宇永は、えらく真面目に答えた。

どうも紋切型である。

「ああいうものって、誰かがこう――もうかるものなんでしょうか？」

宇永は笑って、

「冗談言っちゃいかんよ。あんなことでもうけようなんて、誰も考えやせん」

「そんなものでしょうか」

「あれはいわば名誉を買っているんだ。入場料なんて、展示品の運送費用の十分の一にもならん。ほとんどが持ち出しさ。まあ、私も口添えして、多少援助金を出させておるが」

「じゃ、残りは全部、美術館が負担するんですか？」

「形式的には、実行委員会というのができていて、そこが資金を集めている。私や大野君もメンバーの一人だ」

　資金集めか。——真弓はちょっと考えて、

「どういうところから、資金を集めているんですか？」

「主に大企業の寄付だね。税金対策で、企業の方もある程度は出した方が得なんだ。企業イメージのアップにもなるしな」

「でも、それだけでは、まかないきれないわけですね」

「そういうことだ。——金のことが何か関係あるのかね？」

「いいえ、別に」

　と、真弓はごまかして、立ち上がった。「どうも、お忙しいところを」

「いやいや」

　と、宇永はやけに愛想良く、「——時間があったら、夕食でも付き合わんかね？」

　忙しいはずが、どうなってるのかしら、と丁重に断って、真弓は宇永の部屋を出た。

「残る一人はどうしたんだ？」

　と、淳一が言った。

「評論家の戸川《とがわ》？　旅行中なの。講演で北海道とか。——明日は帰るらしいけどね」

二人は自宅で、遅い夕食をとっていた。もう真夜中近くである。

「浮気の相手はきっとその戸川ね」

と、真弓が、冷たいローストビーフにかみつきながら言った。

「どうしてだ？」

「だって、竜崎も宇永も指環をはめてたのよ。そして死んだ大野も。それなら残るのは戸川一人じゃないの」

「賭けてもいいな」

と、淳一は、ゆっくりとワインを飲みながら、「その戸川って奴も、指環をちゃんとはめてるぜ」

「だって……」

「四つしかない指環か。そんな物、いくらでも複製が作れる。失くしたと気付いて、大野の女房のベッドで見付かるかもしれないと思えば、急いで作らせるさ」

「でも、手もとになくて、どうやって作るの？」

「他の仲間のやつを、チョイと借りて、型を取れば簡単さ。ともかく、その三人の内の誰と決めるのは無理だ」

「あなたったら、自信たっぷりね」

「まず間違いないね」

「何を賭ける？」

と、真弓が微笑んで、ちょっとうるんだ目で淳一を見る。

「お前は？」

「私、自分の体を賭けるわ」

と真弓は言った。

「女房に体を賭けてもらったって仕方ない」

「いいのよ。あなたも自分の体を賭けてくれればいいんだから」

真弓はそう言って立ち上がると、やおら服を脱ぎ始めた。

「——何してるんだ？」

「お互いに、先払いということにしましょうよ」

真弓は肌も露《あら》わなスタイルになると、淳一の手をぐいと引張った。二人はそのまま床へ転がった。

「こんな賭けがあるもんか！——俺が勝ったらどうするんだ？」

「私の体をあげるわ」

「お前が勝ったら？」

「あなたの体をもらうわ」

「同じことじゃないか――」

淳一の抗議を、真弓の唇が塞いだ。淳一もこうなっては諦めざるを得ないのである……。

5

「いやあ、ついてますねえ、僕たちは」

と道田が言った。

珍しく、今日ばかりは真弓も道田に同調したい気分だった。

今日は、〈古代エジプト秘宝展〉の初日である。

「――あと五分で開場よ」

と、真弓は腕時計を見て言った。

「何か週刊誌でも持って来るんだったなあ」

と、道田が言った。

「こら、不真面目よ、道田君」

と、真弓が笑いながらにらむ。

「すみません」

しかし、本当に退屈しそうだった。——真弓と道田が、二人で警備を受け持つことになっている円形の部屋は、陳列ケースが全部取り払われていた。

そして、中央に、高さ二メートルほどの台が据えられ、その上に、厚い防弾ガラスのケースに納まった、黄金のマスクが展示されていた。

有名なツタンカーメン王の棺の中の、王のミイラにかぶせてあったという、黄金のマスクだ。マスクといっても、風邪をひいたときにする、あれではない。

王冠をいただいた顔があり、広い胸飾りまで、実に美しく形取られて、彩色されている。高さが三十センチと少し。もちろん、顔にスッポリかぶせた物だから、そう大きくはない。しかし、その黄金の輝きは、キラキラしていないだけに、余計、その厚味と重味を実感させるのだった。

「——みごとねえ、何度見ても」

と真弓は言った。

「こんなのかぶって死ねたら本望だな」

「プラスチックのお面ぐらいならかぶせてあげるわよ」

と、真弓は言った。

この黄金のマスクはカイロ博物館の特別な厚意で出品された物で、今度の秘宝展でも、正に目玉であった。

もちろん、専門家筋には、もっと美術的には興味のある貴重な品々も出品されていたのだが、一般の客にとっては、〈秘宝〉の名に一番ふさわしいのが、この黄金のマスクであるのは当然だった。

それでわざわざ、この一室は、このマスクだけを展示することにしてあったのである。

「――三千年以上も昔のものなのよ。信じられる？」

「とても信じられませんね」

と、道田がため息と共に言った。「僕なんか三年前のももひきも穴があいてはけないくらいなのに……」

およそロマンとは縁のない男なのである。

「ま、これだけ見張ってりゃいいんだから、楽なもんだわ」

と、真弓は言った。「そろそろ開場の時間ね」

真弓と道田のために折りたたみの椅子が、円形の左右の壁ぎわに一つずつ置かれて、ちょうど、マスクの置かれた台を挟《はさ》んで見張るような格好になっていた。

「さあ、向うの椅子に座って。——じゃ、お昼ご飯のときは交替で食べに行きましょう」

「そうですね。どっちが先です？」

道田としては、細かい点が気になる様子である。

「そんなのどっちでもいいわよ。早く座って。お客が来るわよ」

「ここまで来るのは時間がかかりますよ」

道田はそう言いながら、反対側の椅子に腰をおろした。「——困ったな」

「どうしたの？」

「真弓さんの顔が、台に遮られて見えませんよ」

「私の顔なんて見なくていいの！」

「はい」

——実際、台を挟んで正面にいるので、お互いの姿は見えない。客は二人の間を通って行く。つまり、二人を結ぶ線と直角に動いて行くことになる。

真弓の席から見ると、入口は左手、出口は右手になっていた。

真弓は足を組んでリラックスしていた。

何しろ一週間、この監視が続くのだ。ゆっくりしなきゃ……。

事件のことも気にはなっていた。

いくら課長でも、ここに座って、殺人事件を解決しろとは言わなかった。他の刑事に、引き継いでは来たのだが、やはり気にかかる。

それに、あんな特殊な事件でありながら、一向に手がかりがつかめない。

一見して、風変わりな事件というのは、割合に容易に解決できるものが多いのだが、今度ばかりは例外らしかった。

あの木箱の発送を依頼に来たのは、ごくありふれた背広姿の男で、風邪をひいているのか鼻声で、マスク（黄金ではなかった）をしていた。つまり、顔はてんで分からないのである。

四人組のもう一人の男――評論家の戸川慎《しん》とも会ったが、どこといってつかみどころのない男であった。指環はちゃんと指にはめていて、もちろん偽物などではない、と主張した。――真弓は賭けに負けて、潔《いさぎよ》く（？）支払いを済ませたのだった。

落ちていた指環の話を大野葉子にしてみたが、まるで心当りがない、と首をかしげた。あの三人の男の一人とでも、浮気したことはない、と言っていた。

信じていいものやら分からなかったが、それを否定する根拠もなかった……。

こうして、一向に進展を見ない内に、〈古代エジプト秘宝展〉は開幕の日を迎えたのである……。

「——何でしょう、あれ？」

と、道田が言った。

真弓も、ふと我に返った。どこからか、ドドド……という、津波が押し寄せて来るような音がする。

「強盗団が攻めて来たんじゃないでしょうか？」

「まさか！——七人の侍はいないのよ」

近づいて来たのは、どうやら足音らしかった。それも二人や三人ではない。かなりの大人数で、しかも、走っている！

「館内は走っちゃいけないことになってるのよ」

と、真弓は眉をひそめて言った。「入って来たら、注意してやりましょ」

「全くですね」

道田が立ち上がって、入口の方へ歩いて行った。

「おい！　そこだぞ！」

「その入口だ！」

という怒鳴り声。

「館内で大声を出すなんて、けしからん」

と、道田も腹を立てて、「大体常識のない連中が――」

声も、姿も、道田の存在そのものが、真弓の視界から消えてなくなった。といって、別に四次元の世界へ吸い込まれたというわけではない。

他の人間たちの姿の中に埋れてしまったのである。

それは一瞬の出来事であった。――真弓の前に、突然壁ができた。そして気が付いたときは、その壁が真弓を押し潰さんばかりにのしかかって来た。

「た……助けて……」

警視庁捜査一課刑事としては、いささかだらしのない話だが、つい、助けを求める声が出ていた。しかし、幸い、そんな声は誰も耳に止めなかった。

――もの凄い人だった。

群衆、とさえ言いたいくらいの人数が、アッという間に、円形の部屋を埋めつくしたのである。

真弓は椅子ごと壁へぐいぐい押しつけられた。椅子から立ち上がろうとしたが、まるで身動きできない。

真弓は、やっと事態を理解した。要するに、この、先頭を競う入場者たちは、まず、目玉である〈黄金のマスク〉へと殺到して来たのだ。

しかし、理解しても、人の圧力に押されるのを防ぐのには役立たない。

一体この部屋に何人入っているのだろう？

「押すな！」

「見終ったら出ろよ！」

といった声が頭の上を飛び交っている。

さらに人がギュッと詰め込まれた。――道田君はどうしたのかな、と真弓はちらっと考えた。押し倒されて、今頃はペチャンコかもしれない。

しかし、自分の心配をしなくてはならなかった。何しろ椅子が折りたたみなので、圧力が増すと、座ったままで椅子がたたまれてしまいそうになるのだ。

冗談じゃない！　椅子と一緒にたたまれちゃかなわない、と真弓は、ともかく、まず立ち上がろうとした。

のしかかる人の背中を押し戻しながら、辛うじて、腰を浮かせる。――立ち上がった、と思ったら、椅子がバタンとたたまれて、同時に真弓は壁へぴったりと押しつけられてしまった。

それも背中ならともかく、壁の方を向いてである。壁とのお見合いじゃ、面白くもない。しかも、胸をギュウギュウ押しつけられて、このままじゃ、バストが小さくなるんじゃないかしら。そうなったら離婚かしら、などと考えていた。

「歩いて！」

と、男の声がした。「はい、止まらないで下さい！　歩いて！」

あの声は——淳一だ！

そして、何やら行進曲風の、リズミカルなメロディが聞こえて来た。

「はい！　音楽に合わせて！　一、二、一、二……」

ゴソゴソと人の塊が動き始めた。

「はい、入口からもう一度、見る人は左へ回って！　先へ行く人、もう帰る人は右へ回って！——後ろがつかえてるよ！　どんどん行って、どんどん！」

淳一が〈呼び込み〉よろしく——この場合は〈追い出し〉だが——声をかけると、何となし、足を止めていた人々も少しずつ動き出す。

圧迫がゆるくなって、真弓はやっと息を吐き出した。何だか酸素までが薄くなったような気がする。

それでも、人の流れがまともになるまで、五分はかかった。

「——おい、大丈夫か？」

淳一がやって来る。

「何とか……。ペチャンコになってない？」

「見たとこ、元の通りだぜ」

「よかった！　もう生きた心地がしなかったわ」

「どうせ凄い人だろうと思って来てみたんだ。そしたら、もう表に行列が延々と続いてるじゃねえか。——第一の目当てはここに決ってるからな。来てみたら案の定——いや、想像以上だった」

「あんなに凄いなんて……そうだ。道田君、いない？」

「さあ、気が付かなかったぜ」

「向う側の椅子に座ってるはずなんだけど——」

「ああ、折りたたみ式の椅子か。あれはひしゃげてたぜ。あれが道田のなれの果てかな？」

「まさか！　どこかに踏み潰されてない？」

「ゴキブリだな、まるで。——やあ、これが黄金のマスクか」

と、淳一は、ケースの中のマスクを眺めて、

「大したもんだな」

「呑気なこと言ってないで捜してよ、道田君を」

と、真弓が言い終らない内に、

「真弓さん！」

と声がして、道田が入口の方から、人をかき分けて入って来る。

ワイシャツのボタンは飛び、ネクタイはなくなり、髪はめちゃくちゃにかき回したようである。

「道田君、どこにいたの？」

「分かりませんよ」

と、道田は息を切らしながら、「ワッと押されて、気が付いたら、人と人でギューッとプレスされてて、動けないんです。で、人が動き出すと、こっちも運ばれるというわけで……」

「じゃ、他の人と一緒に、ここから出ちゃったの？」

「そうなんです。逆戻りなんてできる状態じゃなくて……」

「それで？」

「結局一旦出て、外を回って、門から入って来たんですよ」

「ご苦労様ね」

真弓はやっと笑顔になった。「じゃ、流れが浅い内に、向う岸へ渡ったら？」

「そうします」

道田は額の汗を拭おうとハンカチを取り出したが……。

「どうしたの？」

と真弓が訊いた。

「大変だ！」

道田が青ざめた。「拳銃が——盗まれてます！」

「まずいことになった……」

これは、言わずもがなであった。

もちろん、課長としては、その場の雰囲気を代表するべく、口に出したのだろうが、それを聞いて心の晴れるわけもないのである。

課長の机の前には、すっかりしょげ返っている道田と、いつもと変わらない真弓の二人が立っている。

「ともかく、このことは秘密だ。分かったな」

と課長が言った。

「どうしてですか?」

と真弓が率直に疑問を呈した。「公表した方が、事件を防ぐ可能性が出て来るんじゃありませんか」

「いいかね」

と課長は深々とため息をついた。「あの秘宝展の会場で、刑事が拳銃を盗まれたなどと分かってみろ。たちまち秘宝展は中止。わが警視庁の面目は丸つぶれだ」

「でも、一般人に犠牲が出たら、その方が大問題になりますよ」

と真弓は正論を述べた。

「だめだ!」

課長は頑として聞き入れない。「このまま無事に終ることも考えられる」

「でも、それは希望的観測でしょう?」

真弓は手加減ということをしないのである。「しかも、あんな物を、ただ拾って持っているって人はいませんわ。故意にあの人ごみに紛れ込んで盗んだとも考えられます。いずれにしても、被害者の出る可能性は高いですよ」

課長はジロリと真弓を見上げて、

「君は何かね？　私がクビになればいい、とそう思っているのかね？」

「まさか」

と、真弓は微笑んで、「思ってたって、言いませんわ」

課長はまたため息をついた。――まるで、この世に、不幸な人間は自分しかいない、とでも思っているようだった。

「課長……」

と、道田が何やら思いつめたように言った。

「何だ？」

「盗まれた拳銃で、誰かが撃たれたとしたら……僕が総ての責任を負います」

道田の顔は悲壮感に溢《あふ》れていた。

「道田君……」

「真弓さん、長らくお世話になりました」

道田はグスン、と涙ぐみながら、「僕はいさぎよく首を吊って死にます」

「馬鹿者！」

と、課長が怒鳴った。「首を吊るだと？　下らないことを考えるな！」

「ですが……」

「後が面倒だ。サメにでも食われて来い！」

課長はやけっぱち気味に言った……。

そこへ電話が鳴り、課長は受話器を取ると、

「何だ！　今忙しいんだ！」

とふてくされた声で言った。

そして突然パッと立ち上がると、

「総監！　失礼しました」

と顔つきまでがガラリと変わった。「――は、はい！　すぐに参ります！」

課長が、あわてて飛び出して行くと、真弓と道田はフウッと息を吐き出した。

「――ドジをやってすみません」

と道田が言った。

「いいのよ」

真弓は気軽に言った。「それでこそ道田君だわ」

道田は喜んでいいのか、悲しむべきなのか、複雑な表情をした。

「――でも考えてみると妙ね」

と真弓は言った。「あのときは、道田君、アッという間に押し流されちゃったんで

しょう」

「そうです。それこそ、アッというヒマもありませんでしたよ」

「それでいて、よく犯人は道田君の拳銃を盗めたわね」

「本当ですね」

「あんな人数が一斉にワッと流れ込んで……。目指す場所へ行くなんて、とても不可能のような気がするわ」

「じゃ、どういうことになるんでしょう？」

「――分からないわ。でも、盗まれたのは事実だものね」

「クビになるのも事実でしょうね」

「課長がかばってくれる……かどうかは分からないけど、まあ期待をかけるのね」

「はあ……。今、総監に呼ばれて行ったのは、僕のことなんでしょうか？」

「まさか。まだ総監の耳には入ってないわよ。課長だって、あの調子じゃ、しゃべりっこないし」

「それならいいんですけど……」

道田は、心細げに時計を見た。

課長が戻って来るまでに、三十分もかかった。――その間に、道田と真弓の話は、いかなる経路を経たのかは分からなかったが、おでんの作り方にまで及んでいた。

「やっぱり長く煮込む方が――」

「いいえ、それだけじゃだめなのよ！　何といっても材料が第一！」

「しかし――」

「しっ！」

と真弓が道田を突っつく。「戻って来たわよ」

課長は、まるで二人が立っているのに気付かない様子で、席に戻った。真弓は、呆然自失の態《てい》の課長をじっと覗き込んでいたが、

「あの――何かあったんですか？」

と恐る恐る声をかけた。

課長は答えない。道田がかわって、

「あの、課長もクビですか？」

と訊くと、課長はキッと道田をにらみつけた。

「馬鹿を言うな！　どうして俺がクビになるんだ！」

「部下の失敗は上司の失敗です」

と真弓がすかさず応じる。

「分かっとる！　しかし――」

と言いかけて、急に今聞いて来た話を思い出したのか、穴のあいた風船のように、しょぼんとなってしまった。「もういい……」

「え？」

「もう、どうでもいい」

と課長は突然悟りを開いたらしかった。

「どうしてです？　盗まれた拳銃で――」

「そんなのはささいなことだ」

と課長は言った。

「でも――」

「気にするな。――クビになるときはみんな一緒だ」

「私もですか？」

と、真弓は不服そうに言った。

「そうとも。部下は上司に殉じるものだ」

「そんなことより、何があったんですか？」

「ウム……」

課長は、しばし考えていたが、やがて、肩をすくめて、「よろしい、話そう。しかし、これは極秘だぞ」

「分かりました」

と真弓が肯く。

「君らが見張っている黄金のマスクのことだが――」

「あれがどうかしましたか」

課長は、少し間を置いて、言った。

「あれは偽物なのだ」

――しばし、真弓と道田はポカンとしていた。先に我に返ったのは真弓の方で、

「じゃ――すり換えられたっていうんですか?」

「そうではない」

「じゃ、どうして……」

「着いた時点から、もう偽物だったんだ」

「どういうことです?」

「つまり、こうだ。カイロ博物館では、あのマスクがしばしば外へ展示のために運び出されるので、いたみと、事故のことを考えて、そっくりな複製を作ることにしたの

だ」

「それがあの——」

「外国へ出すときは、外交上の信頼関係というものがあるので、本物を出し、国内で、それほど大がかりでない出品のときは、その複製の方で間に合わせて」

「そんなに良く似ているんですか？」

「色といい、重さといい、実物そっくりなのだそうだ。もちろん複製の方は、黄金ではないぞ。鉛に金メッキしたものだ。——ところが、向うの博物館で調べてみたところ、残っていたのが本物と分かったんだ」

「どこで違っちゃったんですか？」

「カイロ博物館の方で、運び出すときに、偽物の方を出してしまったんだ。——後で分かったが、もう手遅れさ」

するとあの群集は、マスクの複製を見るために、殺到して来たのか。

ご苦労様なことだわ、と真弓は苦笑した。

「でも……今さらあれを偽物だったなんて発表できますか？」

と真弓は言った。

「そこだ」

課長は腕組みをして、「――何とか手を打たねばならん」

「手を打つって言っても……」

と、真弓は首を振った。「どうするんですか？　まさか本物をもう一度運んで来て――」

「そんなヒマはない。そんなことをしている内に、会期は終ってしまう」

「そうですね。では……」

課長はため息をついて、肩をすくめた。

「俺にも分からん。成り行き任せだ」

真弓と道田は顔を見合わせた。

いやな予感がした。――何か、ろくでもないことが起こりそうだ……。

6

「知らん顔しとくしかあるまい」

と淳一は言った。

「自分は関係ないと思って……」

と真弓がソファに寝そべったまま言った。

「だって仕方ないじゃねえか」

と淳一は苦笑して、「今さら偽物でしたなんてことになったら、主催者の面目、丸つぶれだろう」

「だからって、偽物ってことを承知の上で、展示して、それを見張ってるって、辛いもんよ」

「お前が悩むことはないじゃねえか」

「公務員の良心よ」

「変なところに良心を持ち出すなよ」

「ねえ、あなた……」

と真弓がぐっとにじり寄って来る。

「何だよ？」

「三日ぶりに帰って来たのよ……」

と真弓は早くもバスローブをスルリと脱ぎ捨てる。「夫としての良心が痛むでしょ、放っとくなんて」

「疲れてるんだろ」

「適度な運動は、睡眠を促すのよ」

「しかし、過度の運動は疲労を残すぞ」

「つべこべ言わないの！」

真弓は淳一を押し倒した。

真弓の言葉にもあった通り、すでに秘宝展が開かれて三日たっていた。

初日の殺人的混雑の再現こそなかったものの、毎日の入場者は驚くばかりの数に上り、竜崎はあわてて入場券を増刷しなくてはならなかった。

一番の目玉であるツタンカーメンの黄金のマスクの部屋は、常時人で溢れていて、ひところのパンダ並みの人気であった。

おかげで、監視役の真弓としても、気が抜けない。特に道田の拳銃が盗まれ、まだ発見されていないので、いやでも神経を尖《とが》らさないわけにいかなかったのだ。

しかし、今のところ、道田の拳銃を使った事件は一つも起こっていない。それだけが、救いと言えば救いであった。

三日たって、やっと一日帰宅できた真弓としては、その分の孤独の穴埋めをしたいと思ったのも、当然かもしれない。

「――おい」

「なあに？」

　真弓は、床のカーペットの上でまどろみながら呟いた。

「誰か来たぜ」

「何言ってんの」

「玄関のチャイムが鳴った」

「気のせいよ。――何時だと思ってるの？」

「しかし――」

「このまま眠りたいわ……」

　玄関のチャイムが、もう一度鳴った。真弓はヒョイと起き上がって、

「本当だわ。誰かしら？」

「知るもんか」

「泥棒じゃない？」

「チャイムなんか鳴らすか」

「あ、そうか。――あら、また鳴った。仕方ないわね。出ましょうか」

　と真弓は立ち上がって玄関の方へ歩き出す。

「おい！　服を着てった方がいいと思うぜ」

「あら、いけない」

真弓はあわててナイトガウンをはおると、玄関へ出て行った。

「――どなた？」

と声をかける。

「私だ」

「私？――私って？」

「俺だ！」

「あ、課長！」

真弓はあわててドアを開けた。そして目をパチクリさせた。――課長と道田刑事、それに竜崎館長の三人が、立っていたのだ。

「じゃ、どこかから洩れたんですか？」

と真弓が訊いた。

「そうらしい」

課長はため息をついた。「――新聞社がかぎ回っている。偽物と承知で展示してあったとなると、正に格好のニュースだ」

「そうなると、責任問題です」

と、竜崎が言った。「私とて、辞職に追いやられる」

「私も苦しい立場になる」

と課長は言った。「総監はどうせ知らなかったと言うに決っとるからな」

「まさか。だって警備の最高責任者は――」

「総監はそういう人なのだ」

と課長は悟りを開いたかの如き口調で言った。

「辛いもんですな、宮仕えというのは」

と、淳一が言った。

高みの見物、呑気なものである。

「ご主人は、自由業とうかがいましたが」

と竜崎が言った。

「まあ、気楽にやってます」

「そこで相談なんだ」

と、課長が言った。「何とか、この危機を乗り切らなくてはならない」

「分かりますわ。でも、どうやって？」

「実は、カイロの方へ、この事態を説明したのです。向うも、自分たちの手違いがもとなのですから、責任を感じている様子でして」

「何か手を打ってくれるんですか？」

「本物の黄金のマスクを急遽、こちらへ運んでくれることになったのです」

「まあ！　良かったじゃありませんか」

「それがあまり良くない」

「どうしてです？」

「世間にどう説明する？　本物が来ました。今までのは偽物でした。さあ、どうぞ、か？」

「でも——仕方ないじゃありませんか」

「何とか、最初から本物が展示してあったことにしたいのです」

と竜崎。

「でも、本物が来れば……」

「本物が向うを出て、こっちへ運ばれていることは、極秘扱いになっている。——一方、マスコミの方でも、古代エジプト美術の専門家を連れて来て、詳しく鑑定させることになったんだ」

「専門家を？」

「有名な推理作家でもある、梅本清士《うめもときよし》氏です。ご存知でしょう？」

と竜崎が言った。

「古美術の鑑定にかけては第一人者ですな」

と、淳一が言った。

「その人が、いつ見に来るんですか？」

「明後日だ。これは、マスクを展示のケースからおろして、本格的に調べるということだった」

「それを認めたんですか？」

「仕方ありません。拒めば、偽物ではないかと疑われるばかりですからね」

「で、本物はいつ到着するんですか？」

「明日の夜です」

「じゃ、夜の内に入れかえとけばいいじゃありませんか」

と、真弓が言うと、課長と竜崎は顔を見合わせた。

何となく妙なムードであった。——淳一が言った。

「どうも、かなり微妙な問題のようですな。なぜこんな夜中に、うちへおいでになったのですか？」

「そこなんです」

と、竜崎が思い切ったように言った。「ぜひとも、ご主人にお願いしたいことがあって――」

「主人に？」

真弓が仰天した。

「確かに、君の言う通り――」

と課長が言った。「明日の夜、本物が到着次第、偽物と入れかえれば問題はなくなる」

「それで？」

「だが、問題は、どうやって入れかえるか、だ」

「そんなこと――こっそり裏口から運び込んで――」

「あの部屋へ行くまでに、いくつもの展示室を通過しなくてはならん。そこにはうちの連中を初め、大勢の警官、ガードマンが徹夜で見張りをしている」

「そんなの、一時外へ出すかどうかすればいいじゃありませんか」

「そんなこととすれば、たちまちマスコミにかぎつけられる」

「いや、実は、確実な情報ではないのですが」

と、竜崎が言った。「記者連中が、我々の動きに感づいて、美術館の周辺や中に、張り込もうとしているらしいのです。その目の前で入れかえをやるわけにはいかない」

「つまり……」

「この事実は、ここにいる人間たち以外には知られたくないのだ。だから、監視の刑事やガードマンたちにも、何も知らせずに、やりたい」

「無茶ですよ。あんな大きな物、取りかえれば、目につくに決ってるじゃありませんか」

「そこを何とかできないかというわけです」

淳一は、ちょっと考えながら、

「そこに私がどう関《かかわ》って来るんですか?」

と訊いた。

「つまりですね」

竜崎は一つ咳払いをして、「我々が動けば、必ずマスコミの目に止まります。ここは一つ、誰か外部の人に頼る他はない。そこで、課長さんにご相談したのですが

──」

「道田が、そういう仕事に最適な人がいる、と言い出したのだ。秘密は守ってくれるし、器用で冷静沈着、何をやらせても名人の域に達している。──つまり、今野君のご主人のことだ」

真弓は唖然として、課長の顔を眺めた。

「勝手なことを言ってすみません」

道田が照れくさそうに言った。「課長に、心当りはないかと訊かれたので、つい、『今野さんのご主人なら、きっと大泥棒にでもなれますよ』と言っちゃったんです」

真弓はソファから転がり落ちそうになった。

「まさか、引き受けるんじゃないでしょうね!」

と、真弓はかみつきそうな顔で言った。

「悪いか?」

淳一はベッドへ入りながら、「──人助けだぜ。しかも、お前の上司と来てる」

「いくら何でも……」

真弓もベッドへ潜り込みながら、「無茶苦茶よ!　警察が泥棒に、泥棒に入ってくれと頼むなんて！」

「おい、誤解するなよ」

と淳一は抗議した。「何も、あの黄金のマスクを盗もうってんじゃないんだぜ。ただ、本物と入れかえようっていうだけだ」

「不可能よ！　いくらあなただって」

「そいつはどうかな」

淳一は、ちょっと愉快そうに言った。

「一晩ゆっくり考えてみるさ。――明日返事する、とおたくの課長さんへ言ったんだからな」

「ねえ、よく考えてよ。そりゃ今回の件は、泥棒とは言えないかもしれないわ。でも、これをみごとにやりとげてご覧なさい。一体あなたの本業は何だろうって、疑い出さないとも限らないわ」

「そりゃそうだな」

「それで、ばれちゃったらどうするの？　あなたは監獄、私は免職。路頭に迷って、夜の女にでも身を落とす――」

「考えすぎだぞ」

「もし、やりそこなって、警備の刑事やガードマンに捕まったらどうなる？　そりゃ、課長たちが釈明して、釈放されるかもしれないけど、マスコミが飛びつくわ。そうなりゃ、今度はマスコミが、あなたの正体は何だろうって、興味を持ち始める。——どっちにしたって、ろくなことはないわよ。やめときなさいよ」

淳一は、真弓を抱き寄せてキスすると、

「——俺だって、その辺のことはちゃんと考えてるさ。しかしな、他にもちょっと興味があるんだ……」

「他の興味？」

「たとえば、大野を殺した犯人だ。まだ何の手がかりもないんだろう」

「うん、まあ……」

「俺に考えがある。——ひょっとすると、おたくの課長が持ち込んで来たこの話で、殺人の方も、目途がつくかもしれねえ」

「どういうこと？」

真弓は眉をひそめて、「人の分からないのを見て、喜ぶの、悪い趣味よ」

「はっきりしないから言わないだけさ」

と淳一は笑って、「それにお前はすぐ顔に出るたちだからな」

「失礼ね！」

「ほら、すぐふくれっつらになるじゃねえか。それがいけないところなんだ。——もう少し考えがまとまって、間違いなさそうだとなったら、話してやるよ」

「それと、課長の話とどうつながってるの？」

「そいつをこれから、ゆっくり考えるのさ」

真弓はため息をついて、

「道田君も、とんでもないことを言い出してくれたわ」

とグチって、「——ねえ、抱いて」

とにじり寄る。

「さっき、居間で——」

「もし、これであなたが捕まったら、私、何年もあなたなしで過さなきゃならないのよ。今の内に、その分、先払いしてもらっとかなくちゃ」

「何年分も先払いできるか」

「とりあえず、今夜は一日分よ」

真弓は淳一の唇へ、自分の唇を重ねて行った。——今夜一晩考えるつもりだったのに、明日まではとても無理らしかった。

「——可能です」

と淳一は言った。

真弓の顔に絶望的な表情が走った。しかし、予期してはいたらしく、諦めたように、肩をすくめただけだった。

「可能ですか？　上に『不』はつかないのですな？」

と、竜崎館長が身を乗り出す。

「可能です」

と、淳一はくり返した。

翌日の午後一時。——ここは、美術館の中、館長室である。

美術館だからといって、この部屋にも、美術品が一杯というわけではない。むしろ、至って仕事本位の、殺風景な部屋である。

竜崎の他には、課長と真弓、そして淳一。道田だけが、あのマスクの警備に当っていて、この場にはいなかった。

窓から、穏やかな、柔らかい陽が入って来ていると、室内の空気も、その陽射しと同様に、淳一の一言で、ぐっと柔らかくなったようである。

「——本物の黄金のマスクは、ここへ何時頃到着するんですか？」

と、淳一は訊いた。

「飛行機のことですからな」

と、竜崎は顎を撫でながら、「ぴたり何時とは言えませんが、十二時までには何とか——」

「真夜中ですね」

淳一は肯いた。「明るくなるのが五時過ぎとして……。約五時間。実際には、遅れを見込んで、三時間ぐらいで何とかしなくてはならないでしょう」

「で、いい方法がありましたか？」

「マスコミの側の動きはどうです？」

「今、探らせているんです。そろそろ何か連絡があると思うんですが」

「ともかく、どの部屋も見張られているという仮定で考えないといけませんね。つまり、ポイントは、いかにして、監視の目をくぐり抜けるか、です」

「無理よ」

と、真弓は言った。

「その通り」

淳一が肯く。「その目を盗んで、本物と偽物を入れ替えるのは不可能です」

「ですが、今、あなたは可能だと――」

と、竜崎が戸惑い顔になる。

「監視の目を盗むのが不可能なら、その目を一時、どこかへそらせばいいのです」

「なるほど」

「監視の目が、何か他の場所に向いている、わずかな隙を狙って、素早く入れかえをやってのける。それしか方法はありません」

「それはその通りですな」

と、課長が言った。「しかし、警備の人間たちの目をそらせるというのは、容易ではないと思いますが」

「それはお任せ下さい」

と、淳一は言った。

竜崎が目をパチクリさせて、

「つまり……」

「私がうまくやります」

「いや、しかし――何か手伝うことがあるでしょう」

「却って、一人の方が好都合です。それに、どうせ、表立って動けない方ばかりだ。それなら、一人でやります」

「しかし、どうやるつもりです？」

「申し上げない方がいいと思います」

淳一は、軽く微笑んで、「竜崎さんも課長さんも、この件については、素知らぬ顔をしていて下さい。なまじ気にして、夜中にここへ来られでもしては、却って動きにくいですからね」

竜崎と課長は顔を見合わせた。竜崎が肯いて、

「分かりました。それでは私の仕事は？」

「荷物が空港に着いたら、ご連絡を。その後は――」

「その後は？」

「ゆっくりおやすみ下さい」

と淳一は言った。「では、私はこれで」

立ち上がって、ドアの方へ歩いて行く。

竜崎の机の電話が鳴った。淳一は足を止め、竜崎が電話に出るのを見ていた。

「――そうか。確かなのか？――よし、分かった」

竜崎がため息をついて、受話器を置いた。

「今野さん。これは厄介なことになりそうですよ」

「どうしました？」

「記者連中の動きを探らせていた男からの連絡です。何人かの記者が、この美術館を見張ると言ってるそうですよ」

「そうですか」

「――どうします？」

淳一は肩をすくめて言った。

「別にかまいませんよ。では」

淳一が出て行くと、竜崎と課長は唖然としていた。

「今野君」

課長が、やっと我に返ったように、「君のご主人は――その――変わってるね」

「ええ。姿を変えた宇宙人なんじゃないかと私も時々思うんです」

と、真弓は言って、館長室を出ると、淳一の後を追いかけた。

「ちょっと！――待ってよ！」

「何だ？」

「何だ、じゃないわ！　あんな無茶なこと引き受けて、どうする気？」

「やるだけさ」

と、こともなげに言う。

「どうやって？　出来るの？」

「まあ見てろよ」

淳一はニヤリと笑った。

7

「凄いですねえ、ご主人は」

道田が言った。「──スーパーマンだな、本当に」

宇宙人になったりスーパーマンになったり、忙しい限りである。

「まだ何もやってないわよ」

真弓は不機嫌に顔をしかめた。

美術館の入口のわきにあるティールームである。テーブルが五、六個置いてあるだけの小さな店だが、緑の多い庭を眺められて、なかなか、雰囲気は悪くなかった。

芝生をぶらついているのは、一見作業員風だが、警官である。

そろそろ三時になる。道田と真弓は、仲間の刑事と交替して、息抜きをしていると
ころだった。

「今夜は僕らの番じゃないんですね。まずくないですか？」

と道田が言った。

その点は真弓も同感である。今夜、あのマスクのある円形の部屋で監視をするのは、
何も事情を知らない同僚たちなのだ。

真弓も気にして、課長に言って、今夜の番に変えてもらおうかと淳一に言ったのだ
が、

「そんなことはどうでもいいよ」

と軽く言われて、頭に来てしまったのである。

もう、何が起ころうと、知っちゃいないからね！——そうわめいたものの、やはり
心配だ。まさか、とは思うが、万一、淳一が捕るようなことがあったら……。

「やあ、この間の刑事さんじゃないか」

と声をかけられて、真弓は顔を上げる。

「あ、戸川さんですね」

ゴルフ仲間の最後の一人だった、戸川慎である。〈評論家〉といっても、最近は色々な評論家がいるが、この戸川などは、上に何もつかない評論家で、昨日はＰＴＡの招きで、教育問題を論じていたかと思うと、今日は映画の紹介番組に顔を出し、明日は国際政治を語るといった具合である。

少々薄くなった頭をベレー帽で隠し、いかにもキザな、あと二十歳若ければ良く似合うかもしれない白のスーツに身を包んでいる。

「警備かね。ご苦労だな」

と戸川は、勝手に真弓たちのテーブルへ椅子を持って来て、ドッカと座り込んだ。

「戸川さんは？」

「うん、私は見物さ。まだ見とらんのでね」

「早くご覧にならないと、五時で閉館ですよ」

「なあに、たっぷり時間はある」

戸川は落ち着き払って、ウエイトレスを呼んだ。「カクテルは置いていないのかね」

「アルコールはございませんが」

とウエイトレスが言った。

「じゃ、ジンジャーエールにしてくれ。——いや、もう一度、女刑事さんには会いたいと思っとったんだ」

「何かご用ですか？」

「個人的な用だ」

「といいますと？」

「一度付き合わんかね？　私は商売柄、面白い所を色々知っとる」

道田がそれを聞いて、目をむいた。かみつきそうな顔で、戸川をにらむが、一向に戸川の方は気にしない。

「私も知ってますわ」

と真弓は言った。「なかなか普通の人じゃ行けないような所です」

「面白そうだね」

「ええ。留置場とか、刑務所とか。――一度入ってごらんになりませんか？」

戸川は声を上げて笑った。

「いや、君は実に面白い人だ。ぜひとも一晩相手をつとめたいね」

「浮気のお誘いですか？　戸川さんて奥様がいらっしゃるんでしょう」

「女房は若い男とよろしくやっとる。うちはお互い、自由なのだ」

「はあ……」

「その内、一度離婚しようと思っとるんだ」

「どうしてですか？」

「結婚、離婚問題でも講演の依頼が来るようになるからさ。今、この方面だけが、私は弱いんだ」

「はあ……」

真弓は呆気に取られていた。こういう男の言うことを、世の主婦たちはありがたく拝聴しているのだ。

ジンジャーエールが来ると、戸川はぐいっと、一気に飲み干して、

「一緒に払っといてくれ。じゃ、私は竜崎に会って行くからな」

と、さっさとティールームを出て行ってしまう。

「何でしょうね、あの男」

道田がカッカしながら、「射殺してやる――」

どうやら、真弓の口ぐせがうつったらしい。

「放っときなさい。どうせ人気は長続きしないわよ」

と、真弓は言って、「さて、行きましょうか」

と立ち上がる。

閉館が近くなると、さすがに入場者も減って、中も空いて来る。これから夜までは
ホッと一息つける時間なのである。

しかし、今夜は特別だった。真弓にしてみれば、気が気ではない。

「ありがとうございました」

ウエイトレスが、レジへやって来た。

真弓は仕方なく戸川の分も払って、

「領収書ちょうだい」

と言った。「公費で落としてやらなきゃ」

ウエイトレスが、引出しから領収書を出して、記入するのを、真弓はぼんやり見ていたが……。あれ？――と思った。

このウエイトレス、どこかで見たような気がするわ。

誰だったろう？

いや、このところ毎日一度はここへ入っているのだから、見憶えがあるのは当然としても、大体、ウエイトレスの顔をそうじっくり見たりはしないものだ。

だが、今、こうして見ていて、ふっと、前にどこかで会っているような、そんな気がしたのである。

「ありがとうございました」

と、ウエイトレスは言って、真弓に領収書を渡すと、奥の方へ行ってしまった。

誰だろう？――首をひねりながら、真弓はティールームを出た。

そして、そこで足を止めた。

ティールームの入口の真正面が、入場券を売る窓口になっている。そこで今しも入場券を買っているのは――。

「あれ？　真弓さん、あの男――」

と道田が言いかける。

「しっ！」

真弓が制した。――宇永議員が、入って行くところだった。

宇永、戸川、そして竜崎館長。その三人がここへ集まっている。ゴルフ仲間、あの指環を持った四人の内、殺された大野を除く三人が。

これは偶然ではあるまい。

もちろん友人同士なのだから、ここへ集まったとしてもおかしくはない。

しかし、今夜のような特別なときに、竜崎が他の二人を呼ぶだろうか？

それに、もう一つ気になったのは、宇永が入場券を買っていたことだ。宇永なら、ちょっと竜崎に声をかければ、無料ででも入れるに違いない。

宇永は、それぐらい平気でやるタイプである。それが、敢《あ》えて入場券を買ったというのは……。

「道田君」

「はい」

「中へ入ったら、あの部屋の方はあなたに任せるわ」

「え？」

「私はちょっと一人で調べたいことがあるの」

「分かりました」

道田は肯いて、「一人じゃ心細いなあ」

「刑事でしょ！　しっかりしなさい！」

と、真弓は一喝した。


いない。——どこにもいないのである。

真弓は、腰に手を当てて、息をついた。一体どこへ行ったのだろう？

宇永も戸川も、どっちも入場したはずなのに、姿が見えない。一通り見て回るだけの時間はなかったはずだ。ただ通り抜けただけというのなら別だが、そんなこともあるまい。

すると、後、考えられるのは、やはり館長室である。

真弓は〈関係者以外入れません〉という立札のわきを抜けて、階段を上って行った。

すると、ちょうど竜崎が降りて来るのに出会《でく》わした。

「あら、館長さん」

「やあ。何か上に用ですか」

「いえ――あの――」

真弓はちょっとためらって、「何でもないんです。例の本物の方は？」

「一応予定通り、こっちへ着くことになっています。成田からは大分遠いですからね。正確なところは着いてみないと分かりません」

「そうですか」

真弓は、仕方なく竜崎と一緒に階段を降りた。「――うまく行くといいですけど」

「あなたのご主人を信頼してますよ」

と竜崎は言って微笑んだ。「では、私は外出しなくてはなりません。これで」

「どうも……」

真弓は竜崎を見送って、それから階段の方を振り向いた。

竜崎が戻って来ないかと、ちょっと様子をうかがって、それからもう一度階段を上がって行った。

館長室のドアの前に立つと、真弓はそっと耳を澄ました。――人の声らしいものも、物音も、一向に聞こえて来ない。

ちょっと迷ったが、ドアを開けてみた。見付かったところで、言い訳はできる。

中で、宇永と戸川が殺されて――はいなかった。二人とも姿が見えない。

それはそれで、真弓の当て外れに過ぎないのだが、では、あの二人、どこへ行ったのだろう？

戸川も宇永も、決してヒマな人間ではない。それをわざわざやって来て、竜崎にも会わずに――。

いや、今、竜崎は「外出する」と言っていた。あの二人と待ち合せていたのだろうか？

だが、それならますます、あの二人が入場券を買って中へ入る必要はない。表で待っていればいいのだ。

どうも、もう一つすっきりしない。

館長室の中でぼんやり立って考えていると、急にドアが開いて、真弓はびっくりした。

「あ、刑事さんでしたか」

調査課長の中山だった。度の強いメガネを直しながら、「館長とお約束ですか?」

「いいえ。ただ、ちょっとお会いしようと思って。でもお留守のようですから——」

「すぐに戻ると思いますけどね」

「また後で来てみますわ」

と真弓は言って、館長室を出ようとした。

「まあ、そう急がなくても」

と、中山は真弓の前を遮って、「おかけになりませんか?」

と言った。

真弓は戸惑った。

「ここで?——何かお話でも?」

「実は重大なことなんです」

中山が真顔で言った。

「それじゃ……」

真弓は、ソファの方へと足を向けた。中山がその後ろに立つ。手にしていた書類の束がバサッと落ちて、真弓は振り向いた。

中山の顔が目の前、数センチのところにあった。

中山は真弓を押し倒して、のしかかって来た。

「何するのよ！　この――」

真弓はめちゃくちゃ暴れようとしたが、思いがけず、中山の力は強かった。

「諦めなさい。――誰にも聞こえやしない」

中山はメガネを投げ捨てて、真弓に無理やりキスしようとした。

「この――変態！」

「暴れたって――だめですよ。僕には抵抗できない――魅力があるんだ」

この男に魅力を感じるって？　きっとそれはミイラ女くらいのものだろう、と、真弓は呑気なことを考えていた。

何よ、こんなやさ男、と思ったが、真弓の見方は甘かった。中山は、この道にかけてはかなりのベテランらしかった。

巧みに真弓の反撃をかわしながら、アッという間にブラウスのボタンを外してしまう。引っかこうとすれば素早く顔を動かし、かみつこうとしても、その手は目まぐるしく動いて捉えられない。

「警官に——こんなことして、ただで済むと思ってんの！」

「一度僕に抱かれたら、訴える気なんかなくなりますよ」

中山はニヤッと笑った。メガネを外した顔は別人のようだった。無味乾燥な学究肌の男は、ギラついているほど脂ぎった、暴漢と変わっている。

「やめて！——射殺するわよ！」

中山は笑った。

「両手を押えられて、どうやって撃つんです？——まあ、落ち着いて。ゆっくり楽しませてあげますよ」

実際、中山は巧みに真弓を組み敷いていた。どうあがいても、身動きができないのだ。

中山は低い声で笑った。

「さて、始めますか……」

左手で、真弓の両手首をしっかりと床へ押しつけておいて、右手が真弓の胸をまさぐった。——そのとき、バン、と短い破裂音がした。

中山が、何かに驚いたように、体を起こした。目が大きく見開かれて、前方の窓の方を見ていた。しかし、その目は何も見ていなかった。

真弓は、手首を押えていた中山の左手が離れたので、半身を起こした。ドアがバタン、と音をたてて閉った。

中山が、再び真弓の上にのしかかって来た。しかし、今度は、彼の手はダラリと床へ落ちて、真弓が身体をずらすと、そのまま床へ突っ伏した。

上衣の背中――ちょうど心臓のあたりに、黒い穴が開いていた。そして、その辺から、じわじわと赤いしみが広がり始めている。

真弓は、やっと、漂う硝煙の匂いに気が付いた。――撃たれたのだ！

真弓が廊下へ出るドアを開けたとき、そこには人影はなかった。

真弓は深呼吸して、気持を鎮めようとした。いかに刑事といえども女である。まずブラウスのボタンをはめ、しかる後に、倒れている中山へ近寄った。――死んでいることはすぐに分かった。

何だか、総ての出来事が信じられないようだった。中山が突如襲いかかって来たことだけでも、信じられないような気持なのに、しかも目の前で射殺されたのだ！

「そうだわ！」

やっと、刑事としての意識が欠伸《あくび》をしながら戻って来た。犯人を追いかけるのだ！

まだ遠くには行っていない。

廊下へ飛び出した真弓は、誰かと衝突しそうになって、

「キャッ！」

と声を上げた。

声は上げても、足は止まらなかったので、下手をすれば正面衝突するところだったが、相手の方がとっさに横へ飛んでよけた。おかげで前にのめった真弓はそのまま一回転する結果となった。

「こんな所で床運動か？」

と淳一が言った。

「——あなた！」

「何をあわててるんだ？」

「あなたがやったの？」

「やった？　何を？」

「私を力ずくで犯そうとしたのよ」

「俺が？」

「そしたら撃たれて死んだの」

たみたい」
「本当にあんな人とは思わなかったわ。――急いで飛び出したんだけど、逃げちゃっ
「俺は生きてるぞ」

「おい、クイズやってんじゃないぞ。順序立てて話せよ」

淳一はため息をつきながら言って、「この部屋がどうかしたのか?」

と、館長室のドアの中を覗き込んだ。


「――やっぱり道田君の拳銃なのか」

と淳一は言った。

「そうらしいわ。まだ正確なところは分かってないんだけど」

真弓はそう言って首を振った。「可哀そうに。道田君、大ショックよ」

「大丈夫さ。あいつなら、ショックを受けて自殺するまでの間に老衰で死ぬ」

「ひどいこと言って」

とは言いながら、真弓はクスクス笑っていた。

美術館に近い公園である。

もうすっかり暗くなって、街灯が目を覚ましている。公園のベンチは、恋人たちの

指定席になりつつあった。

「――いいの、こんな呑気なことしてて?」

と真弓が訊く。

「大丈夫。どうせ夜中にならなきゃ、本物は届かないんだ」

「一体どうする気?」

「教えてやろうか?」

「うん!」

と真弓が座り直す。

「要は本物と偽物を入れかえりゃいいわけだろう?」

「そりゃそうよ」

「だからな――」

と淳一は声をひそめた。「本物と偽物を入れかえるのさ」

「――もう!　人を馬鹿にして!」

「静かにしろよ。痴話ゲンカに見られるぜ」

と淳一は笑って言った。「俺は正直に言ったんだぞ」

「だから、私が訊きたいのは――」

真弓は言いかけて、「ムダね」

と肩をすくめた。

「その通り。しかしな、いつも俺は思うんだが、一体どうして——」

「私がこんなにチャーミングなのかって？」

淳一は咳払いをして、

「ま、それもそうだが、警察ってのは、どうしてああも能率が悪いんだ？」

「どういうこと？」

「あの調査はお前、この調査はあいつ、その調査はそいつ。——これじゃ、誰もが、事件の全体を見られない。みんなが細かいことをほじくり出すのに必死で、それがどういう意味を持ってるかってとこまで頭が回らないんだ」

「仕方ないじゃないの」

「それがいけないんだ。あの調査をやってる奴が、こっちの事件の重要な手がかりを見付けてるかもしれないのに、それが分からずに投げ捨てているかもしれないじゃないか」

「そりゃまあ……そうね」

「その点、俺の商売は一人だ。何から何まで自分でやらにゃならん。それは楽じゃないし、あんまり細かいところにまで目は届かないかもしれないが、しかし、大筋は却って見やすいもんだ。事件は大筋さえ分かれば、後はどうでもいい」

「何よ、泥棒稼業のＰＲ？」

「ＰＲして入る泥棒なんてあるか」

と、淳一は言った。「今度の事件のことだ。一つづきの事件といった方がいいかな」

「一つづき？」

「まず、俺を殺そうとした男がいた」

「私じゃなかったっけ、狙われたの？」

「そういう話にしただけだろ」

「あ、そうか。自分でも分からなくなっちゃった」

「しっかりしろ。あの男はプロの殺し屋だ。それが俺を殺そうとした。なぜだと思う？」

「誰かに雇われたんでしょ」

「そうだ。つまり、その誰かが俺を殺そうとしたわけだが……。なぜだ？　俺を殺してどうなる？」

「――世の中から泥棒が一人減るわ」

「泥棒は、殺されることはあまりない。人殺しに手を出さなきゃの話だが」

「すると、どうなるの？」

「まあ待て。次に、大野の殺害だ」

「犯人は不明ね」

「それに、なぜ、あんな手間をかけて木箱に詰めて送ったのか。なぜ箱が破られて、死体の手が出ていたのか」

「指環のこともあるわね」

「大野の女房が浮気していた可能性もある。相手はゴルフ仲間の竜崎、宇永、戸川の三人の誰かかもしれん。しかし、確証は一つもない」

「それに、奥さんの葉子さんと、義理の息子の進の仲の悪いことも要注意だわね」

「次に道田の拳銃が盗まれたことだ」

「かなり、難しかったろうと思うんだけど」

「ああ。いつ、どうやって盗んだのか。そして何のために？——どうやらその拳銃で中山はやられたらしいが」

「確定ではないわよ」

「そこへ、今度は、例の本物と偽物の騒動だ」

「それも、一連の事件に何か関係あるのかしら?」

「ないはずがない、と思うぜ」

と淳一は言った。「裏があるんだ。裏に何かが、な」

「あなたも分かってないの?」

「たぶん今夜あたりには、一挙に解決できるんじゃないかと思うがね。――どうせなら、まとめて面倒みよう。そして中山がお前を襲おうとした。中山とは何者か? 竜崎は何か言ってたのか?」

「信じられない、ってくり返してただけよ」

「正直なところかもしれないな。誰だって、女を襲いたい願望があるだろうからな」

「私の美しさが罪なのね」

と、真弓はため息をついた。

「その中山を、誰かが殺した。――なぜだ?」

「私を助けてくれたのよ」

「殺す必要はないんじゃないか?」

「その人は、あなたみたいに冷たくなかったのよ」

「それはともかく、ざっと見ても、これだけの謎がある」

「どうなっちゃうの？」

「どうなるかな」

淳一は愉しげに言って、ニヤリと笑った。

「――そうだ。宇永と戸川、どこに行ったのかしら」

「何の話だ？」

「宇永と戸川よ。今日、夕方近くに、あの美術館へ入って行ったの」

真弓の説明に、淳一は肯いた。

「そいつはなかなか面白い。三人は、まず間違いなくどこかで会ったんだな」

「何か良からぬ相談ね」

「そいつはどうかな。秘密の会合を開こうって奴が、お前に声をかけるか？」

「あ、そうか」

「――今夜は面白くなりそうだな」

淳一は、顎を撫でながら言った……。

8

「僕は一体どうすればいいんでしょう？」

道田が呟くように言った。

「同じこと、何回言ったって仕方ないじゃないの」

と真弓も、初めの内こそ同情していたのだが、そのうち腹が立って来た。

女性は、苦しんでいる男を見ると、母性本能をかき立てられるが、一歩行きすぎると、逆に軽蔑される。その差は紙一重。

「口径が同じだっていうだけで、別に道田君の拳銃と決ったわけじゃないんだし」

「でも、それがはっきりしたら……やっぱりクビでしょうか？」

「クビにならない方法もあるわよ」

「本当ですか？」

「首を吊るのよ」

道田は絶望的な表情でうめいた。

そろそろ十時になる。

「──もう二時間もすると、本物が着くわけね」

と、真弓は言った。

美術館から十五分ほどの、小さなスナックに入っていた。真弓としても、淳一の首尾が気になって、帰る気にもなれない。

「真弓さん」

「なあに?」

「もし──僕が犯人を捕まえようとして死んだら、殉職扱いになるでしょうか?」

「そりゃそうじゃない?」

「その場合、拳銃を盗まれたことは、どの程度マイナスになるんでしょう?」

真弓は面食らった。冗談のつもりで聞いていたのだが、道田は割合と生真面目《きまじめ》にしゃべっているのである。

「そうねえ……。私は幹部じゃないから、何とも言えないけど」

「そこを何とか」

「無茶言わないでよ」

「証明書まで書いてくれとは言いませんから」

「大体、何の犯人を捕まえようって言うの?」

「――あ、そうか」

道田は、しばし考えこんでから、「この近所に強盗でも入る予定、ありませんかね」

「分かるわけないでしょ、そんなこと」

真弓は苦笑した。「帰って寝たら？　体に毒よ、くよくよしてるのは」

「しかし……じっとしていられないんですよ。今、こうしている間にも、僕の拳銃が発射されているかもしれない……」

「まあ、気持は分かるけどね」

「いっそ、僕が撃ち殺されたら、どれくらい気が楽か――」

突然、バン、と大きな音がして、道田が飛び上がった。

「やられた！」

「しっかりして。クラッカーじゃないの」

若い客がゲラゲラ笑っている。何やら仲間内でふざけているらしい。

「ああ、びっくりした……」

「早く帰って寝たら？」

「真弓さんは？」

「この辺にいるわ。何となく心配でね」

「そうですね……。すみません、僕が変なこと言ったばかりに、ご主人に泥棒みたいな真似をさせてしまって……」

「そりゃまあいいんだけど……」

真弓としても、何とも言いようがない。

「ご主人が万一、監視の刑事に撃たれるようなことがあったら……」

「まさか」

と、真弓は笑った。

そして、笑いが消えた。——本当。もちろん、いきなり発砲するような馬鹿はいないと思うが、万一ということもある。それに、構えただけのつもりが、暴発するという危険も、ないとはいえない。

真弓の目の前に、冷たくなって横たわる淳一の変わり果てた姿が浮かんだ。黒いスーツで、目頭を押える真弓……。

「ああ……黒の似合う女性は美しいって本当だわ」

「真弓さん、どうかしましたか？」

「え？——あ、いいえ、何でもないの。じゃ、美術館へ行ってみる？」

「真弓さんが行くなら僕も！」

と、道田が目を輝かせる。

「それがいいわ。一緒に行きましょう！」

真弓は道田の肩へ手を置いた。――それだけで道田の顔に生気が戻って来る。戻っても、もともと大した顔ではないのだが。

「ここ、私が払うわ」

と、真弓はいつにない気前の良さを見せつけた。

もし、あの人が撃たれそうになったら、いいわ、道田君をあの人の前へ突き飛ばして、楯の代りにすればいいんだもの。

「道田君、頼りにしているのよ」

真弓の言葉に、道田は頰を上気させていた……。


「裏口の方へ回りましょう」

と、真弓は言った。

「そうですね」

道田は、さっきまでの意気消沈ぶりも何のその、大いに張り切っている。「泥棒でも強盗でも、やって来い！」

「気を付けてよ。うちの主人を撃たないでちょうだいね」

「大丈夫ですよ。僕が撃つのは、本物の泥棒です」

真弓は、ちょっと複雑な表情で道田を見た。

裏門の見える所まで来て、真弓は足を止めた。——裏門の前にも、警官が二人、立っている。

「行かないんですか？」

「待ってよ。だって、今夜、何が起こるかはみんな知らないのよ。そこへのこのこと私たちが入って行ける？　撃たれやしないけど、何しに来たかと思われるわ」

「仕事熱心だと思ってくれませんかね」

「無理よ。何とかこっそり入らなくちゃ」

「僕らが泥棒と間違えられて撃たれるかもしれませんよ」

「そうねえ。その可能性もあるわ」

真弓は、自分が冷たく変わり果てた姿になって、淳一がもっと若い女の子とよろしくやっているところを想像して、カッとなった。

「冗談じゃないわ！」

「え？」

「いいわ。堂々と入りましょう。応援の要請があったってことにして」

と、さっさと歩き出す。

「真弓さん――」

道田は呆気に取られていたが、あわてて真弓の後を追いかけた。

「――止まれ！」

警官が真弓の前に立って、手を上げた。「何の用ですか？」

「中の警備の者よ」

「こんな時間に交替はないはずです」

「特に要請があったの」

「聞いていません」

真弓は苛立って、証明書を見せ、

「ともかく中へ入れて。入れば分かるんだから」

「しかし命令ですから」

「入るわよ」

と真弓は、警官を押しのけて裏門のわきの小さな扉から入ろうとした。

「待って下さい！」

と警官が引き止めようとする。

「いいじゃないか」

もう一人の警官がやって来ると、「入っても結構ですが、一応、中まで付き添わせて下さい」

と言った。

「いいわよ。それで気が済むのならね」

「じゃ、ここを頼むぞ」

と、もう一人へ声をかけて、先に立って中へ入ると、「どうぞ。——お二人ですね？」

「そうよ」

真弓は警官の先に立って、裏口のドアの方へと歩いて行ったが——何やら、後ろでガツン、と妙な音がして、ドサッと何かが倒れたらしい。

振り向くと、道田が大の字になってのびている。

「道田君——」

と言いかけた真弓の鼻先に、銃口がぐいと突きつけられた。

「静かにしねえと、こいつと同様、頭にでかいこぶを作るぜ」

その警官はニヤリと笑った。

「あんた、偽物なのね！」

「お静かに」

と言って、その偽警官の男は、手早く真弓のバッグを引ったくるようにして取った。

「そのきれいな顔に傷をつけられたくあるまい」

「きれいだってことは認めるのね」

真弓は、緊急の場合に、細かい点にこだわるという、悪いクセがあった。

ともかく、目の前に銃口があるというのは、いい気分ではない。年中淳一へ突きつけているくせに、真弓は、突きつけられるという立場に立ったことが、あまりなかった……。

「どうしろって言うの？」

と真弓は言った。

「歩いてもらおうか。右の方へだ」

真弓は肩をすくめて歩き出した。ここは言われる通りにする他はない。

美術館の建物の外側をぐるっと回って行くと、見なれない出入口のドアがあった。

「ここは？」

「裏階段でね。直接事務室の方へ入れるようになっているのさ。——さあ、ドアを開けて」

「こんな所、知らなかったわ」

「特別知ってる必要もないさ」

ドアを開けると、すぐに上へ上る狭い階段がある。たっぷり三階分ぐらい上ると、ドアがあった。

「そこを開けて入りな」

狭くて、薄暗い部屋だった。物置になっているらしく、空の段ボール箱が積み上げてあった。

反対側のドアからは、どうやら廊下へ出られるらしい。

「ここでどうしろって——」

と振り向きかけた真弓のみぞおちのあたりに、男の拳が食い込んだ。

真弓は痛みを感じる間もなく気を失って、床に崩れた。


十一時。

そろそろ車の数も減り始めて、美術館の周囲は、すっかり眠り込んだように、静かな闇に包まれている。

美術館の一階の窓だけは、ずっと明りが点いて、整然と光の行列を形造っていた。

その建物の屋根を、一つの黒い影が、身をかがめて、音もなく、動いていた。

丸く突き出たドームの方へと向っているようだ。

黒いセーターに黒のズボンという姿なので、よほど気を付けて見ないと、動いているとも見えないのだが、ゆるやかながら傾斜のある屋根の上を、いとも軽々と進んで行く様子は、黒猫のようにも見えた。

ドームの所までやって来ると、その影は一旦身を沈めて、少し息を弾ませながら、様子をうかがっている様子だった。

「やあ」

突然、頭上から声がして、黒い影はハッと身構えた。

「よく上がって来たなあ」

淳一は、ドームをスルスルと滑るように降りて来た。「誰かと思ったぜ」

「あなたは……」

黒いセーターの人影が呟くように言った。——あの、淳一を狙った殺し屋の娘、千住久美子である。

「どうも、ただの女じゃないと思ってたよ」

と淳一は言った。

「あなたこそ――刑事さんのご主人でしょ？」

呆れたように言って、千住久美子は笑った。「私たち、どうやら似た者同士のようね」

「まあ座れよ。――どうせ、黄金のマスクが着くまで、まだ間がある」

「あなた、あれを狙ってるの？」

「――まあ、色々あってな」

千住久美子はゆっくり肯いて、

「父が狙ったのは、奥さんの方じゃなくて、あなただったのね」

と言った。

「そうさ。そして君の親父さんを撃ったのも、俺だ」

と淳一は言った。「憎らしくないか？　ここから突き落としてもいいんだぜ」

「いいのよ。私だって泥棒稼業だもの。そんなこと、分かってるわ。それに――」

と、少し間を置いて、「父はあなたに撃たれるつもりで行ったのよ」

「体を悪くしてたのか」

「ええ。——もう何カ月かの命だったらしいわ。ずいぶん苦しかったみたい。私には
ずっと隠してたけど」

「それで分かったよ」

「何が？」

「プロの殺し屋が、どうしてわざわざ声をかけて来たのか、さ。あんな芝居じみた真似をするのは、映画の中だけだ。——やはり、そういう事情があったのか」

「あなたが撃って、奥さんに拳銃を握らせたの？　凄い早業ね」

「そんなことはどうでもいい」

と淳一は首を振って、「いずれにしても、君には責任を感じるよ。——ご用になるのを見たくないね」

「私はせいぜい家宅侵入罪よ。何も盗むわけじゃないもの」

「どうしてここへ来た？」

「この間、あなたと会った後で、父の遺書を見付けたの。それで事情が分かったのよ」

「なるほど」

「その中に、今日のことが書いてあったの」

「今日のこと?」

「父に、あなたを殺すように頼んだ連中がいるわけよ。その連中の話を、父は盗み聞きしたのね」

「何と言ってたんだ?」

「完全には聞き取れなかったらしいけど、ともかく、今夜の十二時、ここで何かがあるということだったらしいわ。それに凄い儲け話だって。——だから来てみたのよ」

「なるほど、君の親父さんは、遺産代りに、その情報を残したってわけか」

「別に、横取りしようってわけじゃないけどね」

「金には興味がない?」

「なきゃ、泥棒なんてやってない」

「それもそうだな」

二人は笑った。

もちろん、話す声も、笑い声も、低く、囁くようでしかない。

「どうして、泥棒なんか始めたんだい?」

「どうしてかしら。——やっぱり父譲りよ。母はずっと昔に死んじゃって、父一人、子一人でしょ。生れつき器用だったし、それに、盗むのは悪いことだって感覚も、なかったのよ」

「そいつは先天的な泥棒だな」

「誉めてるの、けなしてるの？」

と、千住久美子は微笑んだ。

「どれくらいやってる？」

「そうねえ……。もう、十年近くかな」

「一人前だな」

「あなたには敵《かな》いそうもないわ」

「あんまり競争するもんじゃないぞ。下手に焦るのが命取りになる。――ともかく、誰かが君の親父さんに、俺を殺せと依頼したわけだな。そいつの名前は分からないか？」

「残念ながら、遺書にもなかったわ」

「そうか……」

淳一は、ちょっと考え込んだ。

「――あなたは、ここで何を待ってるの？」

「黄金のマスクさ」

「ツタンカーメンの？　でも、ここに展示してあるじゃないの」

「見たのかい？」

「私、ここのティールームでアルバイトしてたの」

淳一はニヤリと笑った。

「いい度胸だな。きっと一流の泥棒になれるぜ」

「それより……そのマスクを盗むのが、儲け話なのかしら？」

「だとすると、えらく単純だ」

と淳一は言った。「――あと四十分か。十二時になると、本物の黄金のマスクが裏門へ着く」

「本物の？　じゃ、今、展示してあるのは偽物なの？」

「それを入れかえるのが、俺の役目さ」

「変わった仕事ね」

「その通り。――変わった仕事には用心した方がいい」

と、淳一は言った。

「どういう意味？」

「今に分かるさ」

淳一は欠伸をした。「――下を覗いて見るかい？」

天窓の、薄汚れたガラスが、中の明りに白く光っていた。淳一がそっと天窓へ這い寄って、汚れをハンカチで少し拭った。

「――見てみな」

千住久美子は、窓の方へと這って来て、下を覗き込んだ。

「真下が、あの黄金のマスクを飾ってある部屋さ」

「ずいぶん高いわ」

「ここはずっと吹抜けだから、二十メートル近くあるかな。しかし、ロープで降りるのは難しくない」

「ここから入るの？　見付かるわよ」

「見えなきゃ見付からないさ。――どうだ、一つ、手伝ってみるか」

「悪くないわね。でも、一人でやる主義じゃないの？」

「やれないことはない。しかし、君も見物だけじゃ、退屈するだろう」

「いいわ」

と、千住久美子は微笑んだ。「何をすればいいの？」

「今はただ、待っていればいい。そのときになったら言うさ」

淳一は呑気に屋根の上に寝そべって、夜空を見上げた……。

真弓は、深い泥沼の底から這い出して来るような気分で、意識を取り戻した。

しばらくは、まだ気を失ってるのかと思った。——目が慣れると、要するに暗い所にいるだけだということが分かった。

さっき、殴られて気を失った、物置らしい。——息苦しいと思ったのは、口にがっちりと猿ぐつわをかまされているせいで、体が圧迫されているような気がしたのは、手足を縛られているせいだと分かった。

人を荷物と間違えて！　撃ち殺してやるから！

頭の中でカッカしながら怒鳴ったものの、今の状態ではどうにもならない。

そういえば、道田君はどうしたろう？

こういうときこそ、命を投げ出して、守ってくれなきゃいけないのに……などと勝手なことを考えている。

さっさとのされてのびちゃうなんて。

ん？——これは？

縛られた足の先が、何か柔らかい物に触れた。——目をこらすと、もう一人、縛られて倒れている。

向うを向いているが、どうやら道田らしい。そのお尻を足でつっついていたのだ。

だらしない！――えい！

もう一つ、けとばしてやると、ウーンと道田が呻いた。

どうせ憶えちゃいないだろう。真弓はもう一つけとばした。

人の声がした。真弓はギクリとして、気絶しているふりをした。

さっき上って来た階段に、足音がする。一人ではない。

「大丈夫なんでしょうね」

と、女の声がした。

あれは誰だろう？　どこかで聞いた声だが。

「まだしばらくは気を失ってますよ」

と答えているのは、さっきの偽警官である。

ドアが開く。

「後で何かに使えるわね」

「窓から突き落とすといいと思います」

「そうね。屋根から落ちたように見せてもいいし」

人のことを何だと思ってるのかしら！

その声にやっと思い当った。――殺された大野の妻、葉子である。

「この二人以外に飛び入りはなかったの？」

と、葉子が言った。

「今のところは」

「頼りないわね。しっかりしてよ」

「大丈夫です。また片付けますよ」

「そうそう何人も突き落とすわけにいかないわよ。地獄の釜じゃないんだから」

「もう他にはいないでしょう」

「黄金のマスクはもうこっちへ向ってるんでしょうね」

「十二時には間違いなく着くと思います」

「じゃ、後は、あの泥棒さんに期待するだけね」

と、葉子はクスッと笑った。

聞いていた真弓が青くなった。――淳一のことを知っているのだ！

すると、淳一があれを盗もうとしているのを、葉子は聞きつけて、横盗りするつもりなのだろうか？

それにしても、淳一は何も知らないでいるわけだ。

そうか。——葉子は自分で盗んでおいて、その罪を淳一へ着せるつもりかもしれない。そんなことになったら……。

ああ、どうしよう！　真弓は葉子の足にかみついてやりたいのを、必死でこらえた。

「じゃ、後は頼むわよ。あの人が待ってるから、私は外にいるわ」

と葉子は言った。

「ご心配なく」

と、偽警官が言った。

二人の足音が、階段を降りて行く。

大変だわ……。何とかしなきゃ。——真弓は手足の縄をゆるめようと必死でもがいたが、一向に効果はなかった。

「ウーン」

と呻き声がして、どうやら道田が意識を取り戻したらしい。

道田君！——と怒鳴りたかったが、

「アウアウ」

という声にしかならない。

道田が、起き上がろうとして、縛られているので、ゴロンと真弓の方へと向いた。

二人の目が合った。道田の目が大きく見開かれる。

イモ虫みたいに床を這って、真弓は、廊下に面しているらしい、もう一つのドアの方へと少しずつ、にじり寄って行った。

9

「あれらしいな」

と淳一が言った。

トラックらしい車のライトが、ぐるっと美術館の周囲を巡って来る。

「どういう打ち合せになってるの?」

「館長の竜崎が、先に裏門の所へ来て待っているはずだ」

「それで?」

「〈古代エジプト秘宝展〉とは関係のない荷物だということにしてある。一応竜崎が受け取って、保管室へ運ぶ」

「保管室?」

「すぐに展示しない物をしまっておく部屋があるのさ。一階の奥の方だ」

「展示と同じフロアね」

「そうなんだ。そこまで竜崎がやる。後は俺がそれを偽物と入れかえる」

「そんなことできる？」

「やるしかないさ」

と淳一は呑気なものである。

「私は何をすればいいの？」

「こいつを放り込んでくれ」

淳一は、短い筒のような物を五、六本、ポケットから取り出した。

「ダイナマイト？」

と、千住久美子が目を丸くする。

「よせよ。俺は平和主義者だ」

淳一は笑って、「ただの発煙筒さ。ただ、かなりの量の煙が派手に出る」

「危くないのね？」

「赤ん坊の昼寝の邪魔もしないよ」

「分かったわ。これをどこへ放り込むの？」

「その天窓から、下へ投げ落としてくれ。紐がついてるだろう。そいつを強く引くとシューッと音がして、煙が出始める。それをここから、どんどん下へ落としてくれ」

「煙だらけにするわけね」

千住久美子は微笑んで、「何か、面白そう」

「遊びじゃないぜ」

淳一が苦笑した。

「いつ、落とすの？」

「中が暗くなったら、だ」

「暗く？」

「そうさ。——ここの配電盤は、窓口の警備員室にある。あいつを、ちょっと壊して、中を真っ暗にする」

「予備の発電機は？」

「地下だ」

「停電のときは、自動的に切り換わるんじゃないの？」

「昼間行って、中へスパナを放り込んで来た。動き出したとたんショートする」

「——呆れた」

千住久美子は愉しげに言った。

「だから、配電盤がいかれれば、中は真っ暗になる。上から見てりゃ分かるだろう」

「それを待って、発煙筒を落とすのね」

「その通り」

「でも、そんなことすりゃ、却って警備の人たちが騒ぎ出すんじゃない？」

「それでいいんだ」

と淳一は言った。「騒げば騒ぐほど、こっちには都合がいい」

「へえ。——混乱するってこと？」

「そうさ。暗がりの中で、人間の方向感覚ってのが、どれくらい当てにならないもんか、分かるかい？」

「そうか。——まあ、あなたは超ベテランらしいから、任せるわ。ともかく、私はここで、暗くなるのを待ってればいいのね」

「その通り」

「待って。——この真下が、黄金のマスクの展示してある場所なの？」

「そうさ」

「発煙筒を落としたら、ぶつかって傷つけない？」

「大丈夫。天窓は端の方だからね。落ちても、たまたま下にいた運の悪い奴がコブをこしらえるくらいだ。そう重くはないから、加速がついても大したことはない」

そう言っている間に、トラックは裏門へ着いていた。

「——ご苦労」

と、竜崎が出て来る。

「遅くまでいらっしゃるんですね」

運んで来たトラックの運転手が言った。

「大切な物だからね。必ず自分の目で確かめないと気が済まん」

「サインをお願いします」

「ああ。——これでいいかね」

「どうも。どこへ運びます？」

「悪いが、もうこっちの職員は、みんな帰ってしまったんだ。君たち、中まで運んでくれるかね」

「いいですよ」

「ただ、貴重品だから、そっと頼むよ」

運転手と、助手の二人が、大きな木箱を、慎重に運び出す。

「じゃ、ついて来てくれ」

と、竜崎は先に立って、裏口から中に入った。

展示室の方とは別の狭い廊下を行くと、突き当りに、重々しいドアがあった。

「ここは何です？」

荷物を一旦床へ降ろしながら、運転手は訊いた。

「保管室だよ。すぐに使わない品物を、ここへしまい込んでおく」

「へえ。じゃ、こいつもすぐには使わないんですか？　そんなら、こんな夜中に運んで来なくたって」

「いや、やはり着けば早くここへ入れておく方が安心だからね。安全だし」

竜崎は、ポケットからキーホルダーを出して、重々しい扉の鍵を開けた。

中には、開けられていない木箱が、五、六個、隅の方に置かれていた。

「それは割合にすぐ使うから入口の近くでいいよ。――ああ、そこでいい」

「何だか気持のいい部屋ですねえ」

「ああ、気を付けて！――うん、ここは気温も湿度も、一定で、一番物が傷まない状態を保つようになってるからね」

「なるほど、人間様よりよほど大事にされてますね」

運転手たちが笑いながら戻って行くのを、竜崎は、保管室入口の所で見送った。

「さて……。そろそろ来てもらわないと……」

と呟くと、

「今晩は」

背後で声がして、竜崎は飛び上がりそうになった。淳一が、保管室の中に立っているのだ。

「——今野さん！」

「やっと届いたようですね」

と、淳一は木箱をポンと叩いた。

「一体どこから——」

「さあ、あまりゆっくりも、していられませんよ。こいつを開けましょう」

「わ、分かりました……」

竜崎は、扉を閉め、道具箱を持って来た。

二人がかりで、手早く箱を開ける。

淳一の手の器用さに、竜崎は舌を巻いた。

「——ぜひ、うちで働いていただきたいですな」

「その相談は後で。——さて、中を見ましょう」

取り出された〈黄金のマスク〉は、保管室の、さほど明るいとも言えない照明にも、目を見張るような輝きを見せた。

「——みごとだ」

と淳一は、しばしマスクを眺めて、言った。「あの展示してある偽物も、それだけ見ていると立派ですが、この本物を一目見ると、向うは急に色あせてしまいますね」

「お分かりでしょう？　専門家にかかれば一目瞭然です」

「では、後は任せて下さい。私がうまくやります」

「お一人で大丈夫ですか？」

「一人の方がいいのです。本物を展示室へ運んで、偽物はこの木箱へいれておきます」

「どうかよろしく。——その後は、引き受けますから」

「じゃ、安心してお引き取り下さい」

「それじゃ……」

と、竜崎は、不安げに頭を下げ、出て行った。

淳一は、ドアを開けて、竜崎の姿が裏口に消えるのを見送ってから、一旦中へ戻り、またしばし、黄金のマスクをじろじろとながめた。

「いい顔だ。――さて、そろそろ仕事にかかるとするか」

と呟くと、淳一は、保管室を出て、廊下を進んで行った。

警備員室には、人の姿がなかった。

「おかしいな……」

淳一はそっと中へ入った。「――こういうことか」

床に、服をはぎ取られた警官らしいのが、気を失い、手足を縛られて転がされていたのである。

「楽でいいや」

と、淳一は、部屋の奥へと入って行った。配電盤を見て、ニヤッとすると、〈主電源〉のスイッチを切った。

――美術館の中は、一瞬にして闇の世界となった。

「――何だ」

「どうした」

という声が、展示室の方から、聞こえて来る。

淳一は、スイッチを使えないようにしておいて、警備員室を出た。

ちょっとの間、明りが点《つ》くかに思えた。しかし、すぐに再び真っ暗になる。

地下の発電機が、動き出して、すぐに故障したのだろう。

「おい、明りだ！」

「誰かライトを――」

「もっと光を」

どこかで聞いたセリフである。

声はするが、一向に誰かが出口の方へやって来る気配はない。

どっちへ向っているのか、皆目分からないのだろう。

淳一は、永年の経験で、暗がりの中でもかなり正確に歩ける。方向、距離の感覚も、並の人間とは違うのである。

昼間、散々歩き回って、展示の配置は頭に入っていた。――淳一は、あの〈黄金のマスク〉の展示された部屋へと、進んで行った。

そろそろ始まってもいい頃だ。

「――おい！　煙だ！」

「来てくれ！」

と叫び声が上がった。

どうやら、千住久美子が指示通りにやったらしい。

「大変だ！」

「来てくれ！　誰か！」

あの部屋は天窓があるので、多少は光も入っているかもしれないが、そこへ発煙筒である。見張りの方があわてるのも当然だ。

暗がりの中に、白い煙が充満し始めているのが分かった。――あの中が、黄金のマスクだ。

淳一は、右往左往する、警備の人間たちの間を、ゆっくりと進んで行った……。

突然、煙の奥から、ガシャン、とガラスらしい物の割れる音が響いた。

「――何だ？」

「何かが壊れたんだ」

「上の方だぞ」

「いや上といっても――展示ケースのあたりだ」

「大変だ！――誰か、懐中電灯！　早くしろ！」

黄色い光が、二つ三つ、煙の中を踊った。

「どこだ？」

「馬鹿、俺の顔なんか照らしてどうするんだ！　ケースだ！　早くケースを――」

煙の切れ目から、ケースが見えた。

「ガラスが破られてるぞ！」

「マスクは？」

「いや――マスクはある。大丈夫だ」

懐中電灯の光の中に、黄金のマスクが浮かび上がった。……。

竜崎は、騒ぎが起こると、しばらく裏口の近くで待って、それから保管室へと戻って行った。

ドアを開けると、淳一が、ライトを手に立っていた。

「――今の騒ぎは？」

と、竜崎が言った。

「黄金のマスクのケースが破られたんですよ」

と淳一は言って、軽くウインクして見せた。

「すると――」

「入れ替えは完了しました」

淳一は、ライトで、木箱の上にのせた黄金のマスクを照らした。「こいつは偽物ですよ。──さて、後はよろしくお願いしますよ」

竜崎は啞然として、

「信じられん……。何という早業だ」

と呟いた。

「このところ寝不足でしてね」

と、淳一は欠伸をした。「よろしければ帰らせていただきますよ」

「そうはいかないよ」

ドアの方から声がした。淳一のライトが照らし出したのは──

「大野の奥さん！」

と、竜崎が言った。「それに息子さんじゃないか」

大野葉子と、進が立っていた。

葉子はライトを手にし、進の方は、拳銃を握っていた。

「何の真似だ？」

と、淳一が言った。

「そいつをいただくのさ」

と、進が言った。

「このマスク？――これは偽物だぞ」

「あなたがすり替えたのね」

と、葉子が言った。

「そうさ」

「ご苦労さま」

と笑って、「本当はね、初めから展示してあったのが本物なのよ」

「何だと？」

「あなたはわざわざ偽物を置いて来たわけよ」

「しかし――」

と淳一は、竜崎を見た。

「嘘だ！　こんな連中の言うことを信用しちゃいかん！」

竜崎は青くなっていた。

「じたばたしないのよ」

と葉子が言った。「ねえ、今野さん、分かる？　こいつらはね、――つまり、竜崎と宇永、戸川の三人は、このマスクの本物を盗み出す計画を立てたのよ」

「三人で？」

「そう。目当ては、もちろんお金。国内じゃ売れないけど、アメリカあたりの金持なら、いくらでも出すに違いないものね」

「それで？」

「そこで腕利きの泥棒を使って、盗み出させることにした。それも、偽物を本物だと言って、代りに置いて来るという芸の細かさ。――でもね、こっちはお見通しよ」

「しかし、君の旦那も一味だったんじゃないのか」

「最初はね。でも、怖くなってやめたいと言い出した。そこで、この連中、秘密が洩れるのを恐れて、主人を殺したのよ」

「嘘だ！」

と竜崎がわめく。

「黙ってなさい。――私はね、ちゃんと主人から、この話を聞いてたのよ。だから、あなた方が主人を呼び出して殺すのを見ていたわ。後で死体を運んで、ここへ送ってやったのよ」

「決してそんな――」

「殺してくれたことは感謝してるわ」

と葉子は遮った。「その内、私がやってたかもしれないものね。——だって、私はこの人と愛し合ってるんですもの」

葉子は拳銃を構えた進の方へ、にっこりと笑いかけた。

「どっちもどっちだな」

と淳一は苦笑した。

「あら、私は最初、あなたを雇うつもりだったのよ」

「俺を？」

「私というか、主人がね。つまり、この本物が偽物とすり替えられる前に、あんたに盗ませようっていうわけよ」

淳一は肯いて、

「なるほど。それを感づいて、竜崎さんたちが殺し屋を雇って俺を殺そうとしたのか」

「それがしくじって、今度は逆に、竜崎たちが、あんたを利用することを考えたのよ」

「それで俺にお鉢が回って来たってわけだな」

「盗ませた後で、あなたを殺したかもしれないわよ」

「うん。——しかし、君も同類だろ?」

と淳一が訊く。

「まあね」

と葉子は笑った。「でも、私はそのマスクだけでいいわ。あなたの命まではいらない。どうせ訴えたりできやしないんだもの」

「うまく考えたな」

「じゃ、そのマスクはいただいて行くわ」

と葉子が言った。

「待ってくれ」

と淳一は言った。「もう一つ訊きたい。あの木箱の穴は誰があけた?」

「中山よ。あの男も私の思い通りに動く人だったの」

「畜生、あいつ——」

と竜崎が頰を紅潮させる。

「竜崎さんにショックを与えておきたくてね。わざと手が出るようにしといたのよ。あの指環もはめさせてね」

「中山を殺したのは?」

「僕さ」

と、進が言った。

「便利な男だったけど、すぐ女に手を出すのが欠点でね。大事なときに、よりによって、女刑事に手を出すんだもの。――殺されても仕方ないわ」

「さあ、早くマスクを――」

と進がせかせる。

葉子がマスクの方へ歩いて行く。

「待て！」

竜崎が飛び出した。「渡さんぞ！」

銃が火を吹いた。竜崎は、呻いてよろけたが、それでも葉子の首へ両手をがっちりとかけ、

「渡さんぞ！――これは渡さんぞ！」

と叫びながら床へ押し倒した。

葉子はカッと目を見開いて、もがいた。――淳一はじっと立ったまま、竜崎が次第に力を失い、ぐったりと崩れるのを見ていた。

「――死んだようだな、二人とも」

と淳一は言った「どうするんだ？」

「畜生！」

進は淳一へ銃を向けた。「どうせお前は殺す他ないんだ」

そのとき、ドアが開いて、真弓が飛び込んで来た。

進がハッと振り向く。淳一が目にも止まらぬスピードで横へ飛んだ。ライトをつかんで投げると、進の額に命中する。

進はよろけたが、拳銃をつかんだまま、淳一へ、狙いを定めた。

真弓が、その間に拳銃を握っていた。

「銃を捨てなさい！」

「この女――」

進が真弓へ銃を向ける。

真弓の銃が一瞬早く火を吹いた。進が仰向けに引っくり返った。

「アーメン」

と淳一が言った。「――お前どこから来たんだ？」

「上で縛られてたのよ」

と息をついて、「偽警官、一人ぶん殴ってのして、拳銃、奪って来たの」

「お前一人か？」

「いいえ、道田君がいるわ」

「どこに？」

「邪魔だから、置いて来たの。——まだ縛られてるわ」

真弓はこともなげに言うと、黄金のマスクに目を止めて、「これは本物なの？」

「偽物さ。——つまり、俺はケースを壊しただけ。入れかえたと見せかけたんだ。こいつらに、自分の作った偽物を持って行かせてやろうと思ってな。しかし、その必要もなさそうだ」

淳一はずっしり重いマスクを手にして、「こいつは記念にもらって行こう」

と言った。

「今、刑事たちが、偽警官を追いかけてるわ。少ししてから出て行った方がいいわよ」

「なに、心配するな」

淳一は、マスクを布で包むと、小脇にかかえ、「じゃ、先に帰ってるぜ」

と言った。

「待ってよ！　私も帰る」

「おい、道田はどうするんだ?」

「あ、そうか。死にゃしないわよ」

「ひどい奴だな」

「——分かったわ。それじゃ、先に帰ってて。浮気しちゃだめよ!」

淳一はマスクを小脇に、外へ出た。

少し美術館から離れて振り向くと、屋根の上を行く小さな人影があった。手を振ってやると、向うも手を振って来た。

不思議な女だな、と思った。

真弓に知れたら、精神的浮気と言われそうだ。

エピローグ

「今日、梅本氏が、あのマスク、本物に間違いないって、断言したそうよ」

帰って来た真弓が言った。

「おめでとう。——お前のとこの課長は、まだあれが偽物だったと信じてんだな」

と淳一はソファで寛《くつろ》ぎながら言った。

「そうよ。それにしても、あの悪党の竜崎が、盗みに入った大野葉子と進からマスクを守ろうとして死んだ英雄なんて言われてるの、しゃくね」

「まあいいさ。——真実ってのも、いつもいつも公表した方がいいとも限らないんだ。俺のこともあるしな」

「そうね」

と真弓は肯いて、「——ねえ」

「何だ?」

「あなた、最初から分かってたの？」

「見当はつくさ。——大体、いくら何でも、あんな国家が後押ししている展示会に、向うが偽物を送って来るはずがない。作り話に決ってるさ」

「それにどうして乗ったわけ？」

「あの大野殺しとの関連を知りたかったからさ。——それに、こっちも多少メリットがあるからな」

「メリット？」

と真弓がいぶかしげに言う。

「——うん。それはともかく、いつ、あのマスクは送り返すんだろう？」

「三日後ですって」

「そうか」

淳一は、飾り棚の黄金のマスクを眺めた。

「——ねえ、あなた」

と真弓は少し間をおいて言った。

「何だ？」

「嘘ついたわ」

「何のことだ？」

「本物と偽物を入れかえるんだって、何度も言ったじゃないの。それなのに、あなたのやったのは、発煙筒たいて、ケースを壊しただけ。インチキよ」

「嘘はついてない。俺は二度も本物と偽物を入れかえたぜ」

真弓が目をパチクリさせる。

「――どういうこと？」

「あれさ」

と淳一は飾り棚を指さした。

「あれって、……まさか……」

真弓は唖然とした。

「正真正銘の、ツタンカーメンのマスクさ。心配するな。三日後までには、また入れかえとく。――世界的な宝物を独りで楽しんでいられるんだ。これも泥棒の役得さ」

真弓は信じられない様子で、

「じゃ、本当にすりかえたの？　でも、今日、梅本氏が――」

「梅本氏は、今日は睡眠薬を少々服《の》みすぎてお休みさ。――美術館へ行ったのは、変装した俺だ」

「何ですって！」

真弓は目を丸くした。

「だから二度、本物と偽物が入れかわっただろう？」

と淳一は言った。

電話が鳴った。真弓は我に返った様子で歩いて行き、受話器を取った。

「はい。――はあ。――え？――分かりました！　すぐに行かせます！」

「――どうしたんだ？」

「東京駅からよ」

「何だって？」

「落し物の中にね、私の写真の入った定期入れがあったんですって……」

と憤然として言った。

「お前のか？」

「道田君のよ」

「それで、どうしてそんなに怒ってるんだ？」

「だってね、それと一緒に、拳銃も電車の中に、落っこってたんですって！」

真弓は頭にきたように、腕を組んだ。

旅は道連れ、地獄行き

1

「こいつはどう見たって国道じゃないぜ」

と今野淳一は言った。

「そう?　どうして分かるの?」

妻の真弓が、外を見ながら訊く。

「第一に国道なら、どこかに標識がある」

「でも〈国道じゃない〉って標識もないじゃないの」

「第二に、国道が、こんな車一台やっと通れる程の狭い道のはずがない」

「巻尺で測る時に、間違えたのかもしれないわよ」

淳一は元気を奮《ふる》い起こして続けた。

「第三に、国道がこんな穴だらけの凸凹《でこぼこ》道のはずがあるもんか！」

「分からないわよ」

と真弓は言った。「ゴジラが通ったのかもしれないわ」

淳一は三十四歳。職業は金品無断無料拝借業――つまり泥棒。真弓の方は泥棒を根絶すべく闘う側の警官――警視庁捜査一課の刑事だった。

つい三十分ほど前も、この泥棒と刑事は車の中で激しい肉弾戦をくり広げていたのだが、それはお互い、応援を頼むという性質のものではなかった。

「じゃ、道を間違えたわけ？」

と真弓が訊いた。

「そういうことらしいな」

「困ったわね」

「まだ三時だ。明るい内に引っ返せば、さっきの道に戻れるさ」

「じゃそうしたら？」

「Uターンできる所で出たら、そうする」

「そうか。――あなたみたいね」

「何が？」

「道を誤った、って」

淳一は苦笑して、

「それはお互い様だぜ」

とやり返した。

しかし、一向に道は広くならず、Uターンする余裕はなかった。道の両側は、ぐっと見上げる急な崖で、今にも岩が転げ落ちて来そうだ。

「どうして間違えたのかしら？」

と真弓が首をひねった。

「さっきはお互い少々ボーッとしてたからな。標識に気付かなかったんだろう」

「だから私がよせ、って言ったのに」

淳一は思わず目を丸くした。

「俺が、こんなとこで、って渋ったのに、無理にせがんで来たのはお前だぞ」

「そうよ。だから、やめずにもっとやっときゃ間違えなかったのよ」

真弓一流の論理の飛躍である。真弓の〈だから〉はトランプのジョーカーみたいに、どんな所へも活用できるのだった。

「この道、どこに出るのかしら？」

「さあ、道に訊いてくれ」

と淳一は言った。「まあ、道があるんだから、どこかには出るんだろうが……」

そのとたん、銃声がたて続けに響き渡った。

「危い！　伏せて！」

と真弓が叫んで、傍のバッグから拳銃を引っこ抜く。「どこから撃ってるの！」

「落ち着けよ」

淳一は車を停めて、「狙われてるのは俺たちじゃない。谷間だから反響するんだ」

「あ、そうか」

真弓は車の窓から首を出して、

「どこなのかしら？」

そこへまた数発の銃声。

「ただ事じゃないわ！」

「そうだな。よし、仕方ない。ずっとバックで戻ろう」

「戻る？」

「当り前だ。撃ち合いなんかに巻き込まれてみろ。けがしちゃ損だ」

「だめよ！　刑事として見過せないわ」

「おい、真弓、ここは東京じゃないんだぞ」

淳一はうんざりした声を出した。真弓は妙な所で使命感に燃える癖があるのだ。

「いいえ、何と言ったって、日本の警察官の一員として、ここは逃げられないわ！突撃！」

「やれやれ」

ラッパでも鳴らすか。淳一は車をぐいと前進させた。

角を曲ると、少し道幅が広くなっていたが、そこに小型のパトカーが一台停っている。

「パトカーが襲われてるんだわ！」

撃っているのは、左右の崖の上からで、四、五人ずつはいるらしい。パトカーはタイヤがぺしゃんこ、胴体は穴だらけという有様だった。

「あなた、クラクション！」

真弓が叫んだ。淳一が派手にクラクションを鳴らしながら突っ込む。真弓が左右の崖の上へ向けて、たて続けに三発、でたらめに発射すると、ワッと声が上がって、崖の上を逃げて行く人影が見え、銃声はやんだ。

「追っ払ったわ！」

「そりゃよかった。ともかくパトカーの中を見よう」

淳一は車を停めた。駆け寄ってパトカーの中を覗くと、

「あら、空っぽよ」

と真弓が言った。

「変だな。この辺に隠れるような所はねえし……」

と見回していると、

「やあ、どうも」

と足の方から声がした。

「キャッ」

と真弓が飛び上がる。――パトカーの下から、警官が一人、それから手錠をかけられた若い男が一人、這い出して来た。

「助かりましたよ」

と警官は制服の埃を払って、「私はこの先の村の駐在所の池田巡査です。あなた方は……」

と、目が真弓の手にした拳銃へ行く。

「あ、私、東京警視庁捜査一課の今野刑事です」

と真弓は拳銃を左手に持ち換えて、右手でポケットから警察手帳を出して見せる。

「警視庁の刑事さん！」

と池田巡査が目を丸くした。四十代半ばという所か、いかにも田舎の〈駐在さん〉というイメージ。

「しかしいい所へ……」

「主人と旅行中に道を間違えましてて」

と真弓が説明した。

「するとご主人も刑事さんで？」

「いや、僕は自由業でしてね」

と淳一はぼかした言い方をする。はっきり言うわけにはいかないのが辛いところだ。

「でも、一体何事なんですの？」

「はあ、実はこいつが——」

と池田が、手錠をかけられた若者の方を顎でしゃくって、「喧嘩で相手を殺しちまったんです。で、町へ連行しようとしましたら、今のような始末で」

「撃って来たのは誰なんですの？」

そこへ淳一が口を挟んだ。

「事情を聞くのはここでなくてもいいんじゃねえか。またさっきの連中が来ると面倒だぞ。早く車へ乗ろう」

「そうだわ。私たちの車に！」

「そいつは助かります！」

淳一、真弓に、池田巡査と若者を加えて、四人が車へ乗り込む。レンタカーである。盗んだものではない。

淳一は車をUターンさせると、アクセルを踏み込んで――突然急ブレーキをかけた。

目の前に巨大な岩が崖の上から転げ落ちて来たのだ。危機一髪、車の鼻先、三十センチの所へ、大岩がゴロンと一揺れして居座った。

「――どうなってるの！」

「道が塞がれた」

淳一は肩をすくめた。「こうなっちゃ、村の方へ行くより仕方ないな」

「西部劇に出て来るゴーストタウンみたいね」

駐在所の窓から、表を見て真弓が言った。

「似たようなもんです」

と池田がお茶を出しながら言った。「ここはもともと鉱山町で、一時は結構人の出入りも多かったんですが……」

「何かあったんですか?」

「要するに掘り尽くしたんです。たちまち潮が引くように人口が減って……」

「で、こんな風に?」

「いや、それならここは自然消滅ってことになったでしょうな。ところがここに目を付けたのが二つの暴力団『花組』と『桃組』で」

と池田は、あまり真弓の聞いたことのない名を上げた。「まあ警視庁の方はご存知ないでしょう。何せローカル組織ですから」

「幼稚園のクラスみたいな名前ね」

「連中はどうしてこんな所に?」

と淳一はお茶を飲みながら言った。

「廃坑やら、空家やらが沢山あるもんですから、何かやらかした手下をかくまっておいたり、何かを隠したり——銃とか、そんなものですな——するのに、ちょうどいい場所だというわけで」

「まあ！」

真弓がびっくりして、「じゃ、ここが根城に？」

「そうなんです」

「どうして県警が手入れしないのかしら？　報告しなかったんですか？」

池田はため息をついて、

「しましたとも。しかし、警察の幹部にも、花組や桃組はいろいろ鼻薬をきかしておりまして、取り合ってくれんのです」

「何てことでしょ！」

真弓はこういうことには人一倍腹を立てるのである。「射殺すべきだわ！」

「それで、まあ最初の内は両方とも、いさかいも起こさず、平和にやっとったんです。ところが、三カ月前、ここに身を隠していた花組の幹部の一人が、町へ出て、とたんに捕まったんです。どうも誰かが密告したらしい。桃組の奴に違いない、ってんで、それ以来、もめ事が絶えません。そこへ三日前の事件です」

「あの若いのは、どっちの子分なんだい？」

と淳一が、奥の椅子にションボリして座っている若者を見て訊いた。

「花組の組長の甥でしてね、克二《かつじ》というんです。組長は黒丸《くろまる》といいます。桃組の組長は白木《しらき》といいまして」

「黒丸と白木か。まるで碁だな」

「で、この村には一軒だけ酒場がありまして、それは前から村にいた爺さんと娘がやってるんですが、ここはいわば〈休戦地区〉で、ここの中だけは、花組も桃組も、決して争いを起こさないという不文律ができとったんです」

「なかなか難しいのね」

「三日前の晩、この克二と、桃組の白木組長の息子の市夫《いちお》ってのが、酒場で喧嘩を始めました。ところが酒場の中はだめ。そこで表へ出たんです。二人してののしり合いながら、村外れの方へ。——ところがそこへ銃声です。ワッとみんなが駆けつけると、市夫が撃たれて死んでいる。克二が拳銃を手に突っ立ってるってわけで」

「俺じゃないんだ！」

と克二が急に怒鳴った。「暗くて分からなかったけど、撃ったのは他の奴なんだ」

「じゃどうして拳銃を持ってた」

と淳一が訊いた。

「俺の足もとへ投げて来たんだ。思わず拾った所へみんなが来て……」

「ともかく私がこいつを連行して来たんですが、もう大騒ぎで。——花組の方じゃ、組長の甥を取り返せ、桃組じゃ、組長の息子さんの仇を討て、ってわけなんですよ」

「そりゃ大変だ」

淳一は苦笑した。「えらい所へ来ちまったぜ、全く」

「電話で応援を呼んだらどうかしら？」

「電話線はとっくに切られてます」

「車でも出られない、と……」

真弓は考え込んで、「じゃ、どうなるわけ？」

と淳一を見た。

2

「そろそろ暗くなるぜ」

と淳一は窓の外を見ながら言った。

「夜に紛れて逃げられないかしら？」

「まあ待てよ」

と淳一は顎を撫でながら、「そう巧く逃げられるもんじゃねえ。ここは頭を使うん

「そのポーズ、どこかで見たわ」

「そうか?」

淳一は咳払いして、「二つの組同士がやり合うようにすれば、その隙に逃げられるかもしれないぞ」

「それも考えたんですが……」

と池田巡査は情なさそうに、「今の所、連中は、この克二を奪い取るのが先決だというので、にらみ合ってはいますが、出入りになる可能性は……」

「そこを巧くやらせるのさ。でなきゃ、その若いのを、通りの真中へ放り出してやれ。両方で取り合いになる」

「やめてくれ！」

と克二が悲鳴を上げた。「もし桃組の奴らに捕まったら――」

「そうよ！」

と真弓が厳しい口調で、「私たちには、容疑者を守る義務があるのよ！」

「しかし、こんな奴と一緒に心中する気か？」

「警官としての職務を遂行するためには、たとえ――」

「分かったよ」

と淳一は遮《さえぎ》った。「おい、お巡りさん。連中は何人くらいいるんだ？」

「ええと……二十人くらいでしょう」

「二十対三じゃ勝ち目はねえな」

「一つの組で、です」

「じゃ、四十対三か。――ひどいもんだな」

淳一はちょっと考えていたが、「その酒場っていうのは？」

「この通りを、さっき来たのと反対の方へ少し行くと左側です。すぐ分かりますよ」

「どうするの？」

「一杯飲みたくなった」

「あなた！　殺されちゃうわよ！」

「心配するな」

淳一は真弓の肩をポンと叩いて、表へ出て行った。

大分暗くなってはいたが、一本の埃っぽい道を挟んで、両側にバラックに近い家並が並んだだけの村の様子は、一目で見渡すことができた。

駐在所の向いの家の窓で人影が動いた。きっとここを見張っているのだろう。

淳一は、通りをゆっくりと歩き出した。人っ子一人いないが、人があちこちに身を潜めているのは分かった。どれが人のいる家で、どれが空家なのか、見分けられないほどだったが、時折、窓の一つでチラリとカーテンが動く。

〈酒場〉と書かれたドアを押して入って行くと、一瞬、中が静まり返る。

思ったよりは中がある。たぶん、鉱山で賑わった頃には、簡易食堂みたいなものだったのではないか。

店には八人の男がいた。テーブルの並べ方から、淳一はそう思った。奥に四人、入口の方に四人、と固まっているのは、二つの組で別れて座っているのだろう。

男たちの視線は無視して、淳一は、急ごしらえという感じのカウンターへ行って、小さな椅子に腰かけた。

「いらっしゃいませ」

とやって来たのは、二十五、六の、なかなか垢抜けた女だった。

「やあ」

「何を飲みます？」

「ウイスキーをくれ」

と淳一は言った。「水割りで」

「はい」

若い女は、グラスへウイスキーを注ぎながら、「どこからいらしたの？」

と訊いた。

「道に迷ってね」

「まあ。大変な所に来ちゃったのね」

と女は愉快そうに笑った。「私は江梨子《えりこ》」

「俺は淳一だ」

「お一人？」

「いや、女房連れだ。今、駐在所にいる」

「まあ、物騒ね！　よかったらここへ連れていらっしゃいな。ここなら安全よ」

「ありがとう。——話は駐在から聞いたよ」

淳一は二つに別れた男たちを順番に見て、

「どっちが花でどっちが桃？」

「奥にいるのが桃組の人。入口の方が花組」

「なるほど」

「池田さんはまだ頑張る気かしら」

「そうらしいよ」

妙な加勢も加わったしね、と心の中で付け加える。

「でも、両方でにらみ合ってるから、まだ無事だけど、一旦どっちかが本気で押しかけたら、池田さんだって歯が立たないのに……」

「ずいぶん心配するんだね」

「そうよ。長いお付合ですもの」

「しかし、よくこんな所で商売していられるなあ」

「仕方ないわ。引越すほどのお金もないし……」

と江梨子は微笑んだ。そこへ、

「おい、江梨子」

と声をかけて来たのは、六十前後の、白髪の老人だった。「あんまりおしゃべりするんじゃねえ」

「はい」

江梨子はおとなしくそう答えると、店の奥へ入って行った。老人は淳一をうさんくさそうに眺めて、

「何だ、あんたは?」

と訊いた。淳一の説明を聞いても、あまり友好的な表情にはならず、

「面倒はごめんだよ。飲み終ったら、早いとこ出てってくれ」

と言った。

「了解」

淳一は逆らわずにグラスをあけると、椅子から降りた。「いくらだい？」

「金はいらねえ。早く行ってくれ」

「分かったよ」

店の中は、空になっていた。むろん淳一は商売柄、二組の男たちが次々に席を立って出て行ったのは気付いていたが……。

表はもうすっかり暗くなっていた。

淳一が通りへ足を踏み出すと、とたんに左右から四、五人の男たちが寄って来て、淳一を取り囲んだ。

「待ちな」

と凄まれて驚く淳一ではない。

「どっちだ？」

「何だ？」

「〈花咲爺〉か〈桃太郎〉か」

「人を馬鹿にしやがって！　俺たちは花組のもんだ！」

「そうか。で、何か用か？」

「ちょいと顔《つら》を貸しな。話がある」

「ちょうどよかった。こっちも話があるんだ」

「こいつ。いやに落ち着いてやがる」

「さて、どこへ行く？」

「来な！」

二人の男が淳一の両腕を取って、歩き出した。


「どうしたのかしら……」

真弓は苛々《いらいら》しながら、淳一の帰りを待っていた。全く無鉄砲なんだから！

あまり人のことを言えた義理ではないのだが、真弓とて淳一のことを心配すればこそ怒っているのである。

「なかなか落ち着いた、度胸のあるご主人ですな」

と池田巡査が感心している。

「ええ、まあ……」

泥棒ですから、とも言えないが。

そこへ、

「池田さん！」

と飛び込んで来たのは――

「江梨子さんじゃないか。どうしたね？」

「あの――あ、あなたね、酒場へ来た人の奥さんって？」

真弓は不愉快そうに、

「そうだけど、あなたは？」

とにらんだ。こんな所でやきもちをやいても始まらないのだが、ついいつもの癖が出てしまう。

「ご主人が大変よ」

「何ですって？」

「花組の連中に連れて行かれたわ」

「そりゃ困ったな」

と池田巡査がため息をつく。「一人でも大変なのに、二人の面倒はみきれねえ」

「私に任せて！」

真弓は、ショルダーホルスターから拳銃を引っこ抜いた。江梨子がぎょっとして、

「あなた、何なの？」

「私は刑事よ。主人はどこ？」

「あの……村の外れに花組の事務所があるの。そこだと思うけど」

「どっちの外れ？」

「酒場のもっと先、あ、あっちの方よ」

「ありがとう」

真弓は拳銃を手に駐在所を出ると、まるでOKコラルへ向うワイアット・アープという感じで歩き出した。

来るなら来い！　四十人なんて、弾丸一発で八人仕留めりゃ五発で済むわ。真弓は無茶なことを考えながら歩いて行った。


事務所といっても掘立小屋みたいな建物だった。

淳一は、中へ入ると、やっと手を振り放して自由になった。男たちが十人ばかり集まっていて、真中に、少し年輩の、太った男が座っている。

「あんたが組長かい」

「そうだ。黒丸という。君は？」

「今野淳一」

「どうやら同業と見たが、どうかね。その度胸の良さは、とても素人とは思えん」

「俺はこんな頭の空っぽな連中とは一緒にされたくないね」

「この野郎！」

淳一を連れて来た男の一人が、拳銃を引き抜いて、淳一の胸元へ突きつけた。「生意気ぬかしやがって死にたいのか！」

「撃ってみろ」

と淳一は言った。

「何だと？」

「引金を引いてみろよ」

「野郎、なめてやがるな。できねえと思ってるのか？」

「だから、やれよ」

淳一の自信に溢れた言い方に、男は一瞬ひるんだが、すぐに気をとり直し、

「そんなに死にたきゃ、殺してやる！」

と、黒丸の方を見た。「かまいませんかボス?」

「相手がかまわんと言うのならな」

「へへ……。成仏しろよ」

男が引金を引く。カチッと音がした。

「ちぇっ!　不発だ」

男はもう一度引金を引いた。が、弾丸は出ない。次々と引金を引き続けたが、弾丸は出なかった。

淳一がズボンの右ポケットから、一つかみの弾丸を取り出して、

「お前の銃の弾丸だ」

と床へ放り投げた。バラバラと弾丸が転がる。淳一は左のポケットからも弾丸を出し、

「これは、もう一人の奴の銃の弾丸だ」

床へ投げ出された十発の弾丸を、全員が唖然として眺めていた。

3

「いや、驚いた」

黒丸は淳一に椅子をすすめて、「君はスリかね？」

「スリもやる」

「他には？」

「職業上の秘密だ」

「なるほど」

黒丸はゆっくりと肯いて、「いずれにしろ、大物であることは確からしいね」

「俺は一匹狼だ。手下は使わない」

「その腕なら、一人で充分だろうな」

「で、何か用かい？」

「君があの駐在所にいるのを知って、甥を助け出すのに力を借りようと思ったんだが
……」

「力を借りるんじゃなく、脅して、言うことを聞かせるつもりだったんだろう？」

「正直なところ、その通りだ。しかし、今のを見ては、頼みにくくなった」

「どうだい、こっちからも提案があるんだがね」

「承《うけたまわ》ろう」

黒丸は腕組みをして言った。淳一の手先の芸に心服し切っている様子だ。

「事情はあのお巡りから聞いたよ。桃組とかと一触即発だそうだな」

「そうなんだ。しかし、互いの戦力が五分と五分。踏ん切れないでいる」

「どうだ、手を貸そうか？」

黒丸は目を輝かせた。

「どうやって？」

「向うもどこかに武器をしまい込んであるんだろう」

「そうなんだ」

と黒丸は渋い顔になって、「銃の数から言うと、向うの方が多い。それがどうも
……」

「場所は分かってるのか？」

「村の裏山の側にある小屋だ」

「でも、機関銃持った奴がいつも四、五人で見張ってるよ」

と子分の一人が言った。

「案内してくれ」

「どうする気だね？」

「盗み出すのは重くて無理だが、使い物にならないように細工するぐらいはできる」

「本当か？」

「簡単さ」

と淳一はあっさりと言って、「二、三人子分を貸してくれれば、やってやる」

「そいつはありがたい！」

「ただし、安くはないぜ」

「分かってる。ここには値打物の盗品が山とあるんだ。充分に礼はする」

「じゃ今夜、十二時に。俺の方からここへ来る」

「分かった。よろしく頼む」

黒丸は顔を上気させ、〈赤丸〉みたいになっていた。「向うに銃がなきゃ、あっという間にケリがつくぞ」

「じゃ、俺はこれで――」

と立ち上がった時、いきなり小屋のドアが開いた。

「誰も動くな！」

拳銃を構えて飛び込んで来たのは、真弓だった。


「全くヒヤヒヤしたぜ」

淳一は駐在所の方へと歩きながら言った。

「だって、てっきり、あなたが危いと思って……」

「あそこで『警察だ！』なんて叫ばれたら、大変だった」

「それにしたって」

と真弓はすねた顔で、「私を殺し屋に仕立てなくても……」

「いいじゃないか」

と淳一はニヤッと笑った。「なかなか似合うぜ。男殺し、ってのはどうだ？」

「あら、それは分かってるわよ」

真弓は当然という顔で言った。

駐在所へ戻ると、江梨子がまだ待っていた。

「まあ！　無事でよく……」

「よく帰してくれましたな。――さあ、お茶でもどうです？」

と池田巡査が駆け寄って来た。

「どうも心配かけて……」

淳一は江梨子に笑いかけて、真弓に蹴っ飛ばされた。

「――じゃ、黒丸に会われたんで?」

「俺を怪しい奴かと思ったらしくてね。しかし、話し合ったら、よく分かってくれたよ」

「よく生きて帰れましたな」

と池田はまだ感心している。「もうお二人分の香典を用意しとこうかと思ったくらいですよ」

「いやな冗談ね」

と真弓は面白くなさそうに言った。

「さて、もう八時だ。腹が空いたな」

と淳一は伸びをした。

「どうもすみませんな。ここには食べる物がなくて。――お茶でも?」

「いや、結構。あの酒場は、食べ物はないのかな?」

「あなた!」

真弓が呆れて、「また行く気なの?」

「軽い物はやってますが……」

「じゃ、ちょっと食べて来る」

「ねえ、今度こそ——」

「大丈夫さ。お前はここにいるんだ」

淳一は真弓の肩をポンと叩いて、また駐在所を出て行った。

酒場へ向って、半分も行かない内に、五、六人の男が淳一を取り囲んだ。

「桃組かい?」

と淳一が訊く。

「そうだ。ちょいと——」

「話があるから、顔を貸せ、か」

「何だ、そっちで言っちまっちゃ仕方ねえ。一緒に来い」

「晩飯を食わせてくれるか?」

「何だと?」

相手が呆気に取られた。

「私が組長の白木だ」

黒丸とよく似て、太ったボスは、一応丁重に淳一を迎えた。

「何か話だって？」

「君は何者だ？　こうして連れて来られても、顔色一つ変えない。大した度胸だ」

「度胸はあるが、腹が減ってね。何か食わせてくれないか」

「いいとも。おい！」

——淳一は、桃組の十人ほどの男たちが見ている中で、平然と夕食を取った。

「いや、どうも。満腹だ」

「驚いた男だな君は。やはり人生の裏街道を歩く身かね？」

座頭市のファンだな、と淳一は思った。

「そんなところだ。何か果物ないか」

「この野郎——」

と若い手下がいきり立つのを、白木は、

「待て。——ほらリンゴがある」

「こいつはどうも」

と淳一は投げられたリンゴを受け取った。

「誰かナイフを貸してやれ」

「いや、持ってるよ」

と淳一が飛び出しナイフを出した。

「あれっ！　さっき確かに体を調べたのに……」

「自分の体を調べてみな」

「――あ！――そのナイフは俺のだ！」

「ちょいと借りただけさ」

淳一はリンゴの皮をむき終えると、刃を手にして、柄の方を相手へ向けて差し出した。

「返すよ」

「ああ」

と男は腹立たしげにナイフを取って、ポケットへぐいとねじ込んだ。

「おい」

と淳一がニヤニヤしながら言った。「刃はいらないのか？」

淳一の手から、ナイフの刃だけが、床に落ちた。

「こいつ……」

「なめやがって！」

ともう一人がナイフを出す。——が、刃が出て来ない。

「おい、下を向けてみろよ」

と淳一が言った。下を向けると、刃がスルッと抜けて、床に突き立った。

白木は大笑いして、

「こいつは大したもんだ！」

「朝飯前さ」

と言ってのけて、「夕食後だから、朝飯前は当り前だがね」

と付け加えた。

「——すると、俺の力を借りたい、って言うんだな？」

「そうだ」

「一体どういう風に？」

「実は、花組の方には、手榴弾がある」

「へえ、そいつは凄い！」

「それを盗んで来てくれないか？」

「場所は分かってるのか？」

「事務所ってのがある。そこの床下に隠してあるはずだ」

「沢山か？」

「二十発ぐらいって話だ」

淳一はちょっと考えて、

「二十個の手榴弾ってのは、ちょいとかさばるぜ。何もそんなになくたって用は足りるだろう」

「ああ、四、五発ありゃあ……」

「それじゃ四発だけ盗んで来てやる」

「しかし――」

「残りは全部、爆発しないように細工をする。それでどうだ？」

白木は顔を輝かせた。

「そいつは名案だ！」

「向うも四個ぐらいなら、盗まれても気付くまい」

「そうか。盗まれたと知ったら、警戒するな。よし、それで頼む」

「礼は出るんだろうな？」

「当然だ。ただでやれとは言わんよ」

「期待してるぜ。あまりかさばらない物がいいな」

「じゃ、いつやってくれる？」

「今夜、一時には届ける」

「首を長くして待ってるぜ」

と白木は言った。

「じゃ、帰るぜ」

と淳一は立ち上がった。子分の一人が急いでドアを開ける。

とたんに真弓が拳銃を構えて飛び込んで来た。

「みんな動くな！」


「よせと言ったろう」

「だって、つい心配で……」

二人は駐在所へ戻って来た。

「へえ！」

池田巡査は二人の足をじっと見て、「幽霊じゃなさそうだ」

「当り前だ」

淳一は欠伸《あくび》をした。「腹が一杯になったら眠くなったよ。――おい、真弓」

「何？」

「一眠りする。夜中の十二時になったら起こしてくれ」

「いいわ」

淳一は奥の部屋へ上がり、横になったとたん、寝入ってしまった。

「奥さん」

と池田巡査がそっと言った。

「え？」

「ご主人は不感症じゃないんですか？」

「とんでもない、主人はそりゃあ凄くって……」

真弓は慌てて咳払いした。ちょっと話が食い違っていたようだ。

4

「おい、起きろよ」

淳一に揺さぶられて、真弓はウーンと呻きつつ、目を覚ました。

「あら、あなた、おはよう」

「おはようもないもんだ。もうとっくに朝だぜ」

「そう。——ああ、よく寝た」

「昨夜、十二時に起こしてくれと頼んだだろう」

「あ、そうか」

真弓はペロリと舌を出した。

「ちゃんと自分で目が覚めたけどな」

「あら、そう。たぶんそうだろうと思って、起こさなかったの」

「勝手を言うな」

「へへ……」

と照れ笑い。「あら、それは何？　手に持ってるもの」

「手榴弾さ」

真弓は目を丸くした。

「そんな物！——危いじゃないの！」

「そりゃ爆弾だからな」

「どうするの？」

「使うのさ」

淳一は平然と言った。

「でも……。あら、池田さんは？」

と言った所へ、池田巡査が、あたふたと駆け込んで来る。

「来ましたよ！」

「そうか。じゃ見物するとするか」

「何なの？」

「よく見とけ。世紀の決闘だ」

窓から外を覗いて、真弓は仰天した。すっかり明るくなった通りで、二十人ほどの男たちが二組、左右に固まってにらみ合っている。

「左が花組、右が桃組だ」

と淳一が解説する。

「何が始まるの？」

「決闘さ」

――二つの組の男たちは、手に手に、機関銃、散弾銃、ライフル、拳銃を構えて、ジリジリと間をつめつつあった。

「殺し合いだわ！」

と真弓は驚いて、「止めなくちゃ！」

と外へ飛び出そうとする。

「おい！」

と淳一が慌てて抱き止めて、「自殺したいのか！」

「離して！　警官として、見過してはおけないのよ」

「なあ、いいか。奴らは好きでやってるんだ。やらしときゃいいのさ」

「そうは行かないわ！　社会秩序の維持と……」

真弓は、淳一の唇に言葉を封じられた。

「ん……義務か……刑事として……人命の……尊重……素敵よ、あなた！」

池田巡査が、淳一と真弓の抱擁を、唖然として眺めていた。

通りで一斉に銃火が開いた。凄じい銃声、怒号、爆発音が地を揺るがした。

三十秒足らずで、静かになった。

「——済んだようだな」

と淳一が言った。

「あら、いつの間に？」

真弓はキョトンとしている。

「表へ出てみよう」

通りは死体があちこちに転がって、無残だった。

「――馬鹿な連中だ。自業自得さ」

「でも、どうして、こんな無茶をしたのかしら？　こんなに近くで撃ち合ったら、大勢死ぬに決ってるのに」

「さあね。自分だけは大丈夫と思ってるのさ、こういう奴は」

と淳一は言った。

「野郎！」

と声がした。黒丸だ。手に手榴弾を握っている。

「俺を騙《だま》しやがったな！　粉々にしてやる！」

と手榴弾のピンへ指をかける。

「伏せろ！」

淳一は真弓を地面へ押し倒した。同時に爆発が起こって、黒丸の姿は消えてしまった。

「――こりゃどうなっとるんです？」

池田巡査が立ち上がりながら、「手榴弾があんなにすぐ爆発するとは……」

「なあに」

と淳一は言った。「一つだけ、そうなるようにしておいたのさ」

そこへ、江梨子と、老人がこわごわ姿を見せた。

「まあ、全滅ね！」

「客がなくなって困るだろう」

と淳一が言った。

「仕方ないわ。でも引越す踏ん切りがついたわ、これで」

「もう一つ踏ん切りをつけなくてはな」

と老人が言った。

「そうだ」

池田巡査が拳銃を抜いて、淳一と真弓へ銃口を向けた。

「何をするの！」

真弓が思わず叫んだ。

「やはりそうか」

淳一は肯いて、「例の殺しもお前だな」

「そうさ、克二の奴の仕業となりゃ、すぐにも連中が殺し合いを始めると思ったんだ」

「どういうこと？」

「つまり、目当ては、ここに隠してある莫大な盗品の山さ」

と淳一が言った。「そうだろう？　たぶん、廃坑の中にでも隠してあるのに違いないと思うな」

「その通り」

と池田が肯く。「奴らが殺し合って全滅してくれりゃ、みんなわしらの物だ」

「こいつらのおかげでずいぶん苦労したのよ」

と江梨子が言った。「これくらいのお返しは当然だわ」

「あんたはもともと連中から袖の下を取って、盗品隠しや、逃亡犯をかくまうのを大目にみていたんだろう？」

と淳一は池田に言った。「それでは満足できなくなった。盗品を一人占めにしてやろう、と思い付き、古い村の仲間のそこの二人と相談して、計画を立てたんだ」

「よく分かるな」

「連中同士が戦うように仕向ければ、自分の手は汚さずに、盗品が手に入る。そこで巧く仕組んだが……。ところが、二つの組が、どっちも慎重で喧嘩をしない。このままでは危いと思って村から逃げようとしたが、車を撃たれて、仕方なく引き返して来た。しかし、俺たちというおまけがついていた」

「おかげで計画通りに行ったよ。礼を言うぜ」

「やめなさい！」

真弓が言った。「私たちを殺せば――」

「誰も疑う者はないさ」

と池田は冷笑した。「この乱射戦で死んだと思うよ」

「早くやっちまってよ」

と江梨子がけしかける。

「それじゃご両人」

と池田の指が引金にかかった。

真弓が淳一の腕にしがみつく。――次の瞬間、爆発音がして、

「ギャーッ！」

と悲鳴を上げたのは池田だった。両手で顔を覆って、よろめいたと思うと、地面へ

倒れ、苦しみもがいた。

　拳銃の弾倉が破裂していた。

「あなた……」

「怪しいと思ってたんだ、最初から」

と淳一は言った。「だから、拳銃の銃口から、小石を詰め込んで、接着剤で固めておいたのさ」

　呆然としている老人と江梨子へ、淳一は言った。

「克二って奴の手錠をさっき外しておいたんだ。早く逃げた方がいいと思うね」

　二人が慌てふためいて逃げ出した。

「ねえあなた、ここはどうするの？」

「刑事としての良心が痛むんだったら、電話しろよ。たぶんちゃんと通じる」

「私たちは？」

「早いとこ出かけよう。面倒はごめんだ」

「でも、道は岩で——」

「何のために手榴弾を取っておいたと思ってるんだ？」

と淳一は言った。

「これこそ国道だ！」

と淳一は快適なハイウエーを飛ばしながら言った。

「やっぱり車の中なんかで、やるもんじゃないわね」

と真弓が言った。「ろくなことにならないわ」

「その通り」

「あら！」

と真弓が声を上げた。

「何だ？」

「ほら、あの看板。――〈モテル、五百米先〉ですってよ」

真弓の目が輝いている。

「おい……後ろのトランクに、盗品を詰め込んでるんだぜ」

「あら、大丈夫よ。捜査一課の刑事がついてるんですもの」

「分かったよ」

淳一は苦笑して、ハンドルを切った。

「これじゃ、時間を食うのは同じだな」

逃した芝生は大きく見える

1

「ただいま」

と言うなり、真弓はドサッと居間のソファにへたり込んでしまった。

「何だ、お疲れのようだな」

淳一は新聞をたたみながら、「若いくせに、一晩ぐらいの徹夜でへばってちゃしようがないぜ」

「女はか弱いのよ」

「そうかね」

「何よ、文句あるの?」

と真弓は拳銃を引っこ抜いた。

「おい、よせ！　刑事のくせにピストルをオモチャにするたあ何だ！」

「へへ……」

真弓はペロッと舌を出し、拳銃をしまうと、ショルダーホルスターを外した。淳一はホッと息をついて、

「全く、刑事も少し俺たちの慎重さを見習ってほしいよ」

と言った。今野淳一は泥棒。妻の真弓は、前述の通り、警視庁のれっきとした刑事である。

「まだ例の金塊ってのは出て来ねえのか？」

と淳一は訊いた。

「出てくりゃ、こう疲れてないわよ」

「なるほど」

「全く、人騒がせな話ね。銀行にでも預けときゃいいのに。いくら銀行不信だからって、金《きん》の延べ棒にしてしまい込んどかなくたって……。ねえ、あなたじゃないの、本当に？」

「何度も言っただろ」

と淳一はうんざりした様子で、「俺は一匹狼だ。あんな重い物を一人で盗めるもんか」

「そうか……。ガッカリね、あなたが犯人なら簡単なのに」

「俺をとっ捕まえるのか?」

「私の体と引き換えに金塊を返させるのよ」

「女房の体と引き換えってのはあまり聞かねえな」

真弓の目がキラリと光った。立ち上がると、朝の光が射し入っている、芝生に面したガラス戸のカーテンを引きながら、

「あら、どうしてカーテンを閉めるの?」

と言って、今度は服を脱ぎ始めた。「やめてよ、私、疲れてるんだから。……いやねえ」

淳一はポカンとして真弓の一人二役を眺めていた。

「だめだってば。……私、眠いのよ……」

と真弓は裸になって淳一に抱きついて来ると、「しようがないわね。男の人って、勝手なんだから……」

と唇を押しつけて来た。

どっちが勝手だ。——淳一はため息をつきながらも、真弓を抱きしめたが……。

けたたましい音と共に、ガラスが割れた。

「キャッ！」

と声を上げて、真弓ははね起きると、「隠れて！　敵襲だわ！」

と、まるで戦争のようなことを言って、置いてあったホルスターから拳銃を引っこ抜いた。

「おい、何してんだ？」

淳一が呆れ顔で、「よく見ろ。ほら、床に転がってる物を」

「え？」

野球のボールだった。「何だ、ボールだったたのね、人をびっくりさせて！」

「その格好で怒鳴りに出たら、向うの方がびっくりする」

と淳一はニヤつきながら言った。「なかなかいいぜ、裸に拳銃ってのも」

「あ、そうか」

玄関にポロンポロンとチャイムの音。淳一が出て行くと、中学生ぐらいの男の子が三人神妙な顔で立っていた。

「どうもすみません」

とリーダー格らしい少年が謝る。最近のガキ――いや子供としては珍しく素直である。

「弁償しますから……」

「ま、いいってことさ」

淳一は笑顔で言った。「俺だって子供の頃にゃ、人の家のガラスを割ったりしたもんだ」

実際は今でもやっているのだが、それは少々意味が違う。

真弓も服を着て出て来た。

「あなたたち、どこで野球やってるの?」

「その裏の広場です」

と少年が答える。

「前は河原の近くの空地でやってたじゃないの。あそこの方が広くていいのに、どうしてあそこでやらないの?」

「あそこ、もう入れないんです」

「入れない、って?」

「周りに柵ができて〈立入禁止〉って立札が立っていて」

「まあ、それじゃ何か建つのかしらね」

「そうじゃないんです」

と他の少年が言った。

「どうして知ってるの？」

「だって空地全部が芝生になってるんです」


「――なるほど」

淳一は、当の空地を見渡して、言った。「みごとなもんだな」

かなりの広さの土地一面に、青々とした芝生が広がっている。

「いつの間に、こんなになっちゃったのかしら？」

と真弓が目を丸くした。

「その気になりゃ一日さ。見ろよ。こいつは人工芝だぜ」

「それでこんなに色鮮やかなのね」

と肯《うなず》いてから、真弓は首をかしげて、「でも、空地のままにしておくのなら、どうしてこんなことをしたのかしら？」

「さあね。人工芝の安売りでもやってたんじゃねえのか」

話していると、

「おい、何してんだ」

と声をかけて来たのは、見るからに柄の悪いチンピラで、

「見てるだけさ」

淳一が答えると、

「この辺をウロウロするんじゃねえ」

と凄んだ。むろんそんなことで驚く淳一ではない。

「お前さんの土地かい？」

「やかましい！」

「そうかい、そりゃ悪かったな」

淳一はやおら相手の手を握って、「まあ、勘弁してくれ」

相手がキョトンとしていると、淳一はその手をギュッと握りしめた。

「痛え！」

相手が一声上げて、そのまま、その場にうずくまってしまった。

「さ、行こうぜ」

と真弓を促して歩き出す。相手は痛めつけられた手を抱きかかえて、ヒイヒイと泣

き声を上げていた。

「あなたがあんな力持ちとは知らなかったわ」

「なに、力よりは握り方のコツがあるのさ。それにしても妙だ」

「何が？」

「あんな空地を、どうしてチンピラが見張ってるんだ？」

「それもそうね」

「あそこの持主は誰だか調べてくれよ」

「どうするの？」

「広場を野球少年たちに取り戻してやるのさ」

「それも泥棒の仕事の一つなの？」

「馬鹿言え。純粋な勤労奉仕だ」

「へえ。——でも、私、例の金塊事件で忙しいのよ」

「いいじゃないか。またお楽しみの最中にボールが飛び込んで来てもいいのか？」

「すぐ調べるわ！」

真弓は即座に承知した。

家へ戻ると、真弓は部下の道田刑事へ電話をして、例の空地の持主をすぐに調べてちょうだい、と命令した。

「何か重要な手がかりですか、例の金塊盗難事件の?」

と道田が興奮しているのが分かる。

「そうなの。それが重大な鍵を握ってるんだから、すぐに調べてね」

「分かりました!」

「道田君、事件解決の成否は君の肩にかかってるのよ」

「は、はい」

たぶん、電話の向うで道田は敬礼していたに違いない。真弓が電話を切ると、淳一が呆れ顔で、

「おい、そこの空地の持主を調べるのが、どうして事件解決の鍵なんだ?」

「あら、だって、またボールに飛び込んで来られちゃ、私が欲求不満になるでしょ。イライラした状態じゃ事件解決も遅れるもの」

「えらく遠回りな理屈だな」

一時間としない内に、玄関のチャイムがせわしなく鳴って、道田がハアハア息を切らしながら飛び込んで来た。

「真弓さん! 調べて来ました」

「まあ、電話してくれればいいのに」

「いえ、やはり重要な情報ですから、直接お伝えしようと……」

さすがに真弓も、ちょっと気恥ずかしくなったらしい。

「そ、それはまあ……大切かもしれない、って程度なの……よね」

と口ごもっていると、道田は手帳を取り出してページをくって、

「いやあ、さすがに真弓さんですね！」

と感心の態《てい》。「一体どうしてそこに目をつけたんです？」

「何のこと？」

「やだなあ、とぼけて。ちゃんと分かってたんでしょ？　あの土地の持主が広川《ひろかわ》健三《けんぞう》だってことは」

「広川……。じゃ、あの金塊を盗まれた当人？」

と真弓が仰天する。

「それも、事件の直後、二日後に、何だかあわててあそこを買い取ってるんですよ。売主に訊いてみましたらね、ともかく高くてもいいから、すぐに売ってくれって、何だか様子がおかしかったそうですよ」

淳一が目を輝かせながら、

「こいつは、ちっとばかり面白くなりそうだな」

と立ち上がった。「ちょいと出て来る」

「あら、どこへ？」

「広川って奴の所さ。空地を少年たちに開放してやってくれと頼みに行くんだ」


「それは無理な相談というものですな」

シェークスピアの「ヴェニスの商人」から抜け出して来た守銭奴という感じの広川は、ずる賢い微笑を浮かべて、淳一の頼みを一蹴した。

「しかし、人工芝を敷かれたところを見ると、お使いになる予定もないようですが」

「そりゃあなた、自分の土地を使おうと使うまいと私の勝手でしょうが」

「それはそうです。しかし、子供たちにとって、あの空地は貴重な遊び場だったんです」

「そんなこと、私の知ったことじゃありませんがね」

と広川は面倒くさそうに言って、「ともかくお帰り下さい。今、私の所は金の延べ棒を盗まれて、大騒ぎなんです。そんな子供の遊び場のことなんかにかまっちゃおれませんよ」

と立ち上がった。

「そうですか」

淳一はため息をついて立ち上がった。「一つ伺いたいんですが、どうしてあの土地を買ったんです？」

「いちいちあなたに説明する義務はないと思いますけどね」

広川はイライラした口調で、「お引き取り願いましょう」

「分かりました」

淳一が、広川邸の居間を出ようとすると、ドアが開いて、入って来たのはさっきのチンピラだった。

「やあ、手の具合はどうだい？」

淳一がニヤリと笑って言うと、チンピラの方はあわてて二、三歩後ずさった。

「こ、この野郎！　よくも――」

とポケットから飛び出しナイフを取り出して構える。

「こら！　やめんか！」

と広川が急いで間に入って、「そんな喧嘩のためにお前を雇ったんじゃないぞ！」

「どきやがれ！　この野郎、生かしちゃおけねえんだ」

チンピラがやみくもに突っ込んで来て、広川があわてて身をよける。――が、淳一の腕とはダンチである。

あっという間にナイフは叩き落とされ、チンピラは股間を淳一の膝に蹴り上げられて、ウーンと一声、のびてしまった。

「全く、厄介な奴だ」

淳一は飛び出しナイフを拾い上げると、「こいつは法律で禁じられてるんだ、知らねえのか」

淳一の手からナイフが飛んで、廊下の壁にかけてあったカレンダーの、今日の日付の数字に突き立った。

「じゃ、失礼」

と淳一は広川邸を後にした。

2

「今夜は徹夜になりそうなの」

電話の真弓の声は、うんざりした顔を想像させるに充分だった。

「分かった。せいぜい頑張りな」

「あなたは仕事お休み？」

　刑事が泥棒に訊くには妙な質問だ。

「休みも仕事の内。自由業ってのはそういうもんだ」

「何だか怪しいわね。こっちがむさ苦しい資料室で埃だらけになってるのに、まさか若い女の子でも連れ込んで——」

「馬鹿言うな」

「そんなことしたら、機関銃で蜂の巣だからね！」

「お前、段々怖くなるぜ。そんなことより、一つ訊きたいんだがな」

「なあに？」

「広川の金塊の事件だが、通報してきたのは、広川自身だったのか？」

「いいえ。広川は——広川さんは旅行中だったのよ。それで盗難を発見したのはお手伝いの女の子でね、その子が知らせたわけ」

「お手伝い？　そんな娘っ子が金の隠し場所を知ってたのか？」

「そうじゃないのよ。何しろ床下に埋めてあったでしょう。だから、畳をはがして、床板を外して、地面が掘り返されてたわけ。それを見て仰天して通報したのよ。埋めてあったのが金の延べ棒だっていうのは、広川さんが飛んで帰って来て、初めて分かったの」

「ふーん、なるほど」

「どうしてそんなこと訊くの？」

「いや、ほんの好奇心さ」

淳一は軽くいなして、「じゃ、しっかりやれよ」

と受話器を置いた。

それから一つ欠伸《あくび》をして、居間から出ようとしたが、ふと何を思ったのか、昼間ボ
ールで割られて、新しくガラスをはめ込んだ戸の方へ歩いて行くと、ガラリと開け、

「おい、出て来なよ。またガラス割られちゃかなわねえからな」

庭の暗がりから、若い娘が姿を見せた。

「知ってたの？」

年の頃は十八、九か。ちょっとひねこびた感じはあるが、なかなか魅力的な娘だ。

「広川の所を出てからずっと尾《つ》けて来てたろう。あれじゃ犬が吠えながらついて来る
ようなもんだ。気付かない奴がいたらお目にかかりたい」

娘は悔《くや》しそうに淳一をにらんだ。淳一は、

「ま、上がんな」

と娘を促して、「広川とはどういう関係だい？」

「娘よ」

「へえ、似てねえな」

「幸い母親似なの」

「俺に何の用だい？」

「あなた、商売何なの？」

「色々さ。気ままな暮しでね」

「ごまかさないで。さっきの立ち回りを見てたのよ。まともな商売じゃないわね、きっと」

「商売ってのは何でもまともなもんだぜ」

と淳一は哲学的な表情でいうと、「名前は？」

「広川朱美《あけみ》」

「ふーん。で、その朱美さんが俺に何の用だね？」

「力を貸してほしいのよ」

「親父さんの金の延べ棒を横盗りしようってのか。簡単じゃないぜ」

広川朱美は目を丸くした。

「どうして分かったの？」

「親父さんは、例の金塊を盗んだ連中とこっそり連絡してるんだな？」

「あなたって千里眼？」

「それぐらい分かるさ。本当なら警察へなど知らせたくなかったんだろうが留守の間の出来事で、お手伝いの娘が知らせちまったんで仕方ない。表向きは警察の捜査に協力するふりをして、裏では犯人たちと、金塊を買い戻す交渉をしてるんだろう」

朱美はソファに座り込んで、

「その通りよ」

と肯いた。

「金の延べ棒なんて物は重いし、目立つし、盗むのも楽じゃねえが、処分するのも大変だ。何しろ溶かして形を変えるったって、色々と道具を揃えなくちゃならないし、専門家でなきゃ、そんな真似はできないしな」

「詳しいのね」

「まあ、あちこち顔が広いんでな。――犯人にしてみりゃ、多少割引きしても親父さんに買い戻させた方が手間もかからず得だろう」

「そこなのよ」

と朱美が目を輝かせて、身を乗り出した。

「犯人たちが父に金を返しに来る。それを横あいからかっぱらっちゃおうって寸法なの。どう？」

「呆れたもんだな。親父の物を盗んでどうするんだ？」

「もううんざりなの。あの家にいるのは」

と朱美はため息をついて、「本当の父親ってわけじゃないのよ」

「なるほど。そういうことか」

「あの金の延べ棒は四億円の値打ですってよ。——四億！　それだけのお金があれば、どこか外国へ行って、一生遊んで暮せるわ」

「闇のルートで処分すりゃ、買い叩かれて、いいとこ半額だな」

「それだって二億円あるじゃないの」

「そう巧く行くかね。——ま、いい。ともかく、横盗りするとして、いつ、どこで取引きする気なのか、だ」

「それが分からないのよ」

と朱美は悔しそうに言った。「犯人と交渉しているはずなの。昨夜だって、一人で呟いているのを小耳に挟んだんだもの。『まだ値をつり上げる気か』って」

「立ち聞きしてたのか」

「失礼ね。耳に勝手に飛び込んで来たのよ」

「ま、どっちでもいい。ともかく犯人から電話でも——」

「そんなはずないのよ。電話も郵便も、警察がチェックしてるわ。犯人から連絡があるかもしれないって」

「なあに、警察のやることなんか、どこか抜けてるもんさ」

今頃、くしゃみしてるかな、と淳一は思った。

「それでどう？　やってくれる？」

朱美が探るように淳一の顔を見る。

「そうだな……。儲けは山分けってことにしてもらうぜ」

「半分も持って行くの？」

と朱美は顔をしかめた。

「いやならよしな。俺もごめんだ」

「分かったわ。——一億円だって残りゃいいわ」

「もっと残るぜ」

「どうして？」

「四億の金塊を親父さんがいくらで買い戻すか知らねえが、まあ二億としよう。それだけの金《かね》を、親父さんは準備するはずだ。金塊と一緒にそいつも失敬する」

「それなら、金を売ったお金と合わせて四億ね、一人二億になる！」

と朱美は飛び上がらんばかり。「あなたって、相当にワルイのね」

「まあね」

と淳一はごく控え目に肯いた。

「ね、お近づきのしるしに……」

と朱美は淳一の方へにじり寄って来た。

「何だい？　ミルクでも飲むか？」

「失礼ね！」

朱美はムッとした様子で、「子供扱いしないでちょうだい！」

「大人は仕事の話が終ったら、すぐ帰るもんだぜ」

「分かったわ。――じゃ、さし当り、どうすればいいの？」

「親父さんの動きをよく見張るんだ。必ず犯人と連絡しているはずだからな」

「了解。じゃ、それから先はあなたに任せていいのね？」

「安心しろよ」

と淳一はウインクして見せた。

「ウインク？　ウインクして見せたの、その子に？」

淳一の話を聞いて、真弓はいきり立った。

「あなた、妻を裏切って平気なの！」

「おい、落ち着けよ。ウインクぐらいで浮気になるのか？」

「当り前でしょ！」

「じゃ何か？　お前、警視庁で健康診断ってやつをやるだろう」

「やるわよ。それがどうしたっていうの？」

「視力の検査のときに、片目をつぶるだろ。あれも浮気か？」

「変な理屈言わないでよ。ウインクだけなんでしょうね？　手を握るとかキスをするとか、そういう……」

「あんな小娘にか？　俺はそんなに悪趣味じゃねえぞ」

「分かるもんですか」

と言うと、真弓は服を脱ぎ始めた。

「何してんだ？　風呂はまだ沸いてないぜ」

「調べるのよ。あなたが浮気してないかどうか。——体当りでね」

体当りの検査が済むと、淳一は、

「どう思う？　あの娘の話も悪くないぜ」

と服を着ながら言った。

「でも、それは確かに変よ」

「何が？」

「広川さんが犯人たちと交渉してるってこと。本当に電話も手紙もチェックしてるんだから」

「しかし四六時中くっついてるわけじゃあるまい？」

「それにしたって……。どうやって連絡してるっていうの？　矢文か何か？」

「お前も言うことが古いな」

と淳一が笑って、「矢が家の中へ飛び込んで来たら、待機してる刑事が気付かないはずはないぜ」

「ほんの冗談よ」

と真弓は澄まして言うと、「——今日は道田君があそこにつめてるはずだわ。よく気を付けるように言っときましょう」

「少々頼りねえな」

「じゃどうしろっていうの？」

「俺が行く」

真弓はキッと淳一をにらんで、

「何とか言って、その朱美って子に会いに行くんじゃないの？」

「人を見れば泥棒と思え、ってのはお前の考えた標語じゃないのか？」

と淳一はため息をついた。——まあ、ここの場合には当っているわけだが。

3

淳一にとって、広川邸へ忍び込むぐらいはその辺のスーパーへ買物に行くのと大差ないのだが、それでも油断はしない。

簡単な仕事ほど慎重に、完璧を期するのがプロというものである。

電話のある居間には、盗聴用の装置に、テープレコーダーをつないでセットしてある。庭へ入った淳一は室内の様子をカーテンの隙間から見て取ると、

「さて、と……」

と思案した。ガラスを切って入るのは簡単だが、何も盗む気がないのに、そんな真似をするのも気がひける。

見れば、道田刑事がソファで大欠伸をして今にも眠りこけそうな様子。

淳一はガラス戸をトントンと叩いた。

「誰だ！」

と道田が飛んで来てガラス戸をガラリと開けた。

「やあ、ご苦労さん」

「何だ、今野さんですか。どうしたんです、こんな時間に？」

「今から出勤なんだが、この近くを通ると言ったら、真弓の奴がこれを届けてくれと言ってね」

とポケットから、サンドイッチの包みを取り出した。もちろん自分で食べるために持って来たものだ。

「いや、こりゃすみません！　真弓さんは本当に優しい人ですねえ」

真弓の大ファンだから、涙を流さんばかりに感激している。

「じゃ、俺は行くぜ」

「どうも、わざわざ。——でも、どうしてここから?」

「家の人を起こしちゃ悪いだろう」

「ああ、なるほど。いや、よく気が付きますねえ」

と感心しているのだから世話はない。

「それじゃ頑張れよ」

と淳一は励まして……そのまま三十分待った。

道田はいともスヤスヤと眠っていた。別に睡眠薬などを入れたわけではない。お腹に食物が入って、ごく自然に眠くなるに任せただけである。

むろん、話をしている間に、ガラス戸の鍵に細工をしておいたのであるが。

淳一は中へ入ると、記憶を辿って、大体家の造りを頭の中に描き出した。玄関から居間へ通ったことはあるし、後は外からぐるりと一回りすれば、大体の様子は見当がつく。

おそらく寝室は二階の……。

階段を上がって、とっつきの部屋が、広川の部屋らしかったが……。

「おやおや」

と呟いたのは、中から、一戦交えている男女の声が洩れ聞こえてきたからだ。

男の方は広川、女の方は——間違いなく朱美である。とんだ父娘もあったものだ。

しばらく様子をうかがっていると、一段落になったらしく——とはいえ、広川の年齢では二回戦は無理だろうが——朱美の声が聞こえて来た。

「まだ話はつかないの？」

「何しろガメツイ連中だよ」

と広川が言った。「一億まで払うと言ってやったのにOKせんのだからな」

「でも……どうやって交渉してるの？　教えてくれたっていいじゃない」

「そいつは秘密だ」

「ケチね！」

「ケチだから、私はここまで金持ちになったんだよ」

「それをごっそり盗まれちゃしようがないじゃないの」

「なあに、取り返してみせるさ、見ていなさい」

——こいつは、いくら朱美が色仕掛けで粘っても敵《かな》うまい、と淳一は思った。色事は色事、金は金、と割り切っている。

しかし、これで夜の間は朱美がくっついていると分かったわけだ。してみると、やはり昼間の内に連絡しているはずだが……。

淳一は居間へと戻った。道田は相変わらずスヤスヤと眠りこんでいる。

「ご苦労さん」

と声をかけて、ガラス戸を開けようとしたとき、

「野郎！」

と、例のチンピラが飛びかかって来た。

しかし、淳一の反射神経は並外れている。素早くわきへよると、チンピラはそのままガラス戸めがけて突進した。

グワンという音がして、ガラス戸は割れなかったが、ぶつかった方は目から火花ぐらいでは済まなかったろう。ガーンと弾き返され、よろけたと思うと、そのままダウンしてしまった。

「ふーん」

淳一は感心した様子で首を振った。「今のガラスってのは丈夫なもんだな」

「いつもこの時間に家を出るのよ」

と真弓が言った。「ほらね」

車の中から見ていると、広川が、ゴルフでもやりに行くのか、クラブを持って、家

から出て来た。

「金を盗られてゴルフか?」

「イライラしていると体に悪いって」

「どこへ行くんだ?」

「知らないわ。後を尾けるのは今日が初めてだもの」

「結構な車に乗ってやがる。大体何の商売なんだ、あいつは?」

「あんまり仕事はしてないようよ。土地の売買で儲けてるみたいね。大体が親から色々と受け継いでるのよ」

「ふざけやがって!　泥棒だって、それなりに苦労してるのに!」

「変なことで怒ってるわね」

と真弓は吹き出した。

「よし、行くぞ」

広川の乗った外車を、淳一たちは距離を置いてつけて行ったが……。

「おい、妙だぞ」

「何が?」

「俺たちの家の方角だ」

「まあ、そういえばそうだわ」

と真弓も気が付いて、「いやねえ。うちの庭でゴルフをやる気かしら？」

「そんなに広かないぜ」

と淳一は笑って、「例の空地だ」

「そうか。それで人工芝なんか敷きつめてるのね」

「ゴルフの練習に買ったにしちゃ広すぎるような気がするけどな」

「金持ちなんて、それぐらいのことするんじゃない？」

話している内に、広川の車は、あの空地の前に停った。

「腕時計を見てるぞ。——時間制で料金を払うのかな？」

「自分の土地なのに？」

——クラブを手に、空地へ入り込んだ広川は、トコトコと中央近くまで歩いて行くと、いきなりクラブを振り回し始めた。

「何だ、あれは？」

と淳一が目を丸くした。

「ゴルフボールの代りに芝を打ってるのかしら？」

長方形の芝が、クラブでポンポンはね飛ばされている。

「芝を打つゴルフってのは最近の流行なのかな」

「少しイカレてるんじゃない？」

ふと、淳一はよく晴れた空を見上げた。

「ははあ……。なるほど」

と肯いた。

「どうしたの？」

「いや、いい天気だから、さぞ洗濯物が乾くだろうと思ってな」

ととぼけて、「よし、帰ろう」

「いいの？」

「ああ」

淳一は車に乗り込むと、「後はこっちが策を練るんだ」

真弓は何のことやらわけの分からない様子で、ヘリコプターの飛ぶ青空をポカンと見上げていた。

4

「どう？　何か分かって？」

朱美の声は、えらく不機嫌にとんがっていた。

「調べるのはそっちの仕事だろ」

「あら、冷たいのね」

「心配するな、ちゃんとネタはつかんでるよ」

「本当？　教えてよ！」

と朱美の声が弾んだ。

「だめだ。何しろ親父さんと同じ屋根の下にいるんだからな、感付かれたら水の泡さ」

「何とか言っちゃって、本当に分かってんの」

「信じなきゃいい。俺一人でやる」

「分かったわ、信じるわよ」

と朱美はあわてて言った。

「じゃ、いつ呼び出されてもいいように、仕度しとくんだな。そう先のことじゃないと思うぜ」

「了解！　頼りにしてるわよ！」

電話が切れると、そばで耳を寄せていた真弓が、

「フン！『頼りにしてるわよ』だって。いい気なもんね」

「そうやきもちをやくなよ」

「誰がやきもちなんか。——不愉快なだけだわ」

その時、玄関のチャイムが鳴って、道田が入って来た。

「どうも……。真弓さん、昨夜はごちそうさまでした」

サンドイッチのことなど知らない真弓が、キョトンとしていると、

「いやだなあ、忘れたんですか？　ご主人が届けて下さったサンドイッチのことですよ」

「俺が届けた？」

と淳一が不思議そうに、「何の話だい、一体？」

「昨夜……あの広川の家へ、持って来て下さったじゃありませんか。夜の一時頃」

「そんな夜中に人の家を訪問するほど、俺は礼儀知らずじゃないぜ」

「で、でも……」

道田はオロオロして、「庭の方からいらしたじゃありませんか」

「庭から？　俺が広川って家の庭へ、忍び込んだとでも言うのかい？　それじゃまるで泥棒じゃないか」

「はあ……」

「きっと夢でも見たんだろうよ」

道田は首をひねっていたが、

「それじゃ、あれも夢だったのかなあ？」

と呟いた。

「あれ、って？」

「いえ、居間で眠ってると、ドシンって凄い音がして、目を開くと、男が床に大の字になって寝てたんです」

「それでどうしたの？」

と真弓が訊いた。

「また眠りました」

「調べなかったの？」

「相手が眠ってるのを起こしても悪いかと思って」

真弓はため息をついた。

「まあいいわ。今度はもう少しいい夢を見てちょうだい」

「どうも。——真弓さんが自分で僕にお弁当を届けてくれる夢でもみたいなあ」

道田は帰りかけて、「あれ、真弓さん。何かご用じゃなかったんですか?」

と振り向いた。

道田が帰って行くと、

「全く、あれぐらい善良な人間も珍しいな」

と淳一は言った。

「それ皮肉?」

「いや、本心さ。誰もがあれくらい純真になってみろ。世界は平和になるぜ」

「賞めてるの、けなしてるの?」

と真弓は笑って言うと、「——ともかく、あんな準備をさせて大丈夫なの?」

「まあ、見てろよ」

「何を考えてるの?」

「もちろん、金塊が無事戻って来ることを第一に考えてるさ」

「本当に今夜、犯人たちと広川さんが取り引きするの?」

「俺の勘だとな」

「いやねえ!　そんなことで、あんな大げさな——」

「まあ見てろってことよ」

淳一は自信ありげに言った。


「起きな」

淳一が軽く揺さぶると、朱美はびっくりした様子で飛び起きて、

「だ、誰?」

「静かに!　俺だよ」

「ああ……。驚いたわ」

朱美は、薄暗い室内を見回して、「今、何時?」

「一時を回ったところだ。さあ、仕度しな」

「どこへ行くの?」

「決ってる。取引場所へさ」

淳一の言葉に、朱美はベッドから飛び出した。

「本当？　間違いないの？」

「ああ、さっき親父さんがこっそり出かけたぜ」

「じゃ、急いで追いかけなきゃ！」

「落ち着けよ。行先はちゃんと分かってるんだから」

淳一はニヤリと笑って、「じゃ、下で待ってるぜ」

と部屋を出て行った。——あの女に時間をやらなくてはならない。
五、六分で、朱美はジーパン姿になって降りて来た。
「よし、行こう」

淳一は表に停めてあった車に朱美を乗せて、夜道を走り出した。

「間に合うかしら？」

「心配するな。こっちが先に着くよ」

「まさか」

「本当さ。親父さんは、二億円もの金を手元に持っちゃいないだろう？」

「そりゃそうよ」

「といって銀行には預けてない。何しろ銀行を信用しないで、金塊に換えたぐらいだからなあ」

「そうね」

「つまり現金は、まだどこか別の場所にあるはずだ。取引場所へ行くのは、そこへ寄ってからさ」

「分かったわ」

朱美も納得した様子で肯いた。

淳一は車を例の空地の少し手前で停めると、

「さあ、ここから歩こう」

と表へ出た。

人工芝を敷きつめた、空地の所へやって来ると、朱美は珍しそうに、

「ここが親父さんのゴルフ練習場ね」

と言って、月明りの芝生を眺め回した。

「兼、通信場所だな」

「ここで？　じゃ、どうやって？」

「親父さんがここを買ったのは、事件の直後だったんだろう？　しかも、高くてもいいから、どうしてもと言って買ったそうだ。全く親父さんらしくもない話じゃないか」

「ええ、それはそうね」

「親父さんは人工芝をここへ敷きつめた。その費用だって馬鹿にならない。親父さんがそこまでやるからには、まずそれが犯人たちの要求によるものだと思ってもいいだろう」

「犯人の？　でも──」

「犯人は親父さんが出かけていることを知って、その出かけた先に連絡したのに違いない。だからあわててこの土地を買ったんだ」

「どうしてこんな所を？」

「よく見えるからだろうな」

「よく見える？」

「上からね」

と淳一は言った。「見ろよ。どうして用もないのに、人工芝など敷きつめたのか。どうしてゴルフクラブで芝をはね飛ばしているのか？」

「分からないわ」

「クラブで芝生をはね飛ばして、そこの土を露出させる。それをつなげて行けば、芝生の中に字を書くことができる」

「字を？」

と朱美が目を丸くした。

「そうさ。むろん難しい字は無理だが、数字ぐらいなら書ける。そしてその大きな字は、上を飛ぶヘリコプターからも目に止まるわけだ」

「ヘリコプター！」

「親父さんは芝生にせっせと取り引きの言い値を書く。ヘリに乗った犯人は、その数字を読んで、承知した時は何か合図をすると決めていたんだろう」

「驚いたわ、そんな——」

「しっ！　来たぞ」

と淳一が鋭い口調で言った。

広川の車が近付いて来る。車から降りた広川は、大きなトランクを抱えていた。

「二億円かしら？」

「らしいね」

広川は芝生の中央まで来ると、トランクを下に置き、夜空を見上げた。

待つほどもなく、ヘリコプターの低い唸りが近付いて来た。

「来たわ！」

と飛び出そうとする朱美をぐっと淳一は押えた。

「まだだめだ！」

「だって、あのお金を持ってかれちゃうじゃないの」

「持って行かせればいいのさ。その点、抜かりはないよ」

「降りて来たわ」

と朱美が言った。ヘリが少しずつ降下し始めている。爆音が大きくなって、風が巻いた。ヘリの姿がはっきりと見える。

ヘリからロープが投げられた。広川が急いで、ロープの先端のカギを、トランクの取手に引っかけると、アッという間にヘリは高度を上げ、トランクは中へたぐり寄せられた様子だった。

ヘリの爆音が遠去かって、広川は車の方へと戻って行く。

「どうするの？」

「後を尾ける。もう少しだぜ」

淳一と朱美も急いで乗ると、広川の車の後を尾行し始めた。

「家へ帰っちゃうわよ」

と朱美が言った。

「それだっていいんだ。向うがどこで金塊を返すつもりか分からないんだからな」

広川は、門の前で車を停めた。——道路の真中に、何やら布をかぶせたものが置いてあるのだ。

広川は車から出て、その布を取った。——車のライトを浴びて、金の延べ棒が、キラキラと光った。

「やった、やった！　取り返したぞ！」

夜の道で、広川は声を上げて、子供のように飛び上がった。

「さて、行くか」

と淳一は朱美を促した。

広川は二人に気付いて、

「何だ、何してる？」

と訊いた。

「その金《きん》はいただくわよ」

と朱美が言った。

「何だと？」

「手切れ金ね」

「朱美……」

広川は啞然としている。

「もういいわよ、出ていらっしゃい」

朱美の声で登場したのは、あのチンピラだった。

「さあ、これが金よ」

「いい眺めだぜ、全く」

チンピラが、拳銃を取り出した。

「朱美！」

「この人とは前からの仲なのよ。この人を用心棒に、って推薦したのは私だったでしょう？」

「朱美！　お前は……」

と広川は悔しげに唇をかんだ。

「おい、そこの奴」

とチンピラが、淳一の方を向いて、「よくも痛い目にあわせてくれたな」

「悪いけど、あなたにはもう用はないわ」

と朱美は、淳一に向って言った。「ここで年貢の納め時ね」

「そいつはどうかな」

淳一は一向に平気な様子で、「それはこっちのセリフだぜ」

と振り向いて、

「OK、真弓、出て来い」

と声をかけると、暗がりの、どこに潜んでいたのか、警官や刑事たちが、アッという間に周囲を囲んでしまった。

「畜生！」

「裏切ったわね！」

二人が淳一をにらむ。淳一はニヤリと笑って、

「おい、ヘリの方はどうした？」

と訊いた。

「警察のヘリが追跡して捕まえたわ」

「そうか。そいつは結構だ」

淳一は愛想よく、朱美に微笑みかけて、「お聞きの通りさ」

と言った。

「この野郎！」

とチンピラが淳一へ飛びかかろうとする。ワッと警官たちが取り押えた。

「変だわ」

帰って来るなり、真弓が言った。

「何がだ?」

「例の金塊よ。どうしても延べ棒が一つ足らないんだもの。――きっとそのうち出て来るわよね」

「そうさな。俺だってあれだけの品物を目の前にして、全然仕事にならなかったんだからな。全く面白くない」

淳一は、ベッドの下に隠した延べ棒のことを考えて内心ニヤリとした。

あのチンピラを取り押える騒ぎの間に、一本を広川の車の下へ蹴込んでおいたのだ。

あいつをどうやってさばこうか……

「あーあ」

と真弓は大欠伸をして、「金塊を盗んだ犯人たちは全部捕まえたわ」

「そいつはおめでとう」

「一味の中に、広川邸の工事に携わった大工がいたの。それで、あの隠し場所を知っていたんだわね」

「ご苦労さん。ゆっくり休めよ」

「休むわよ」

と真弓は服を脱ぎ出した。

「おい、真弓。お前、今休むって……」

「だって、せっかくボールが飛んで来なくなったのに」

と真弓は淳一にキスしながら言った。

「やれやれ」

「ねえ……」

「何だ？」

「かすめた金の延べ棒、返す気にならない？」

穴深し、隣は何を掘る人ぞ

1

「一つ、別宅を構えようかと思うんだが、どうだい?」

と今野淳一は、夕食の後、ソファで寛《くつろ》ぎながら言った。

「別宅?」

妻の真弓が顔をしかめる。「どうしてよ。ここで充分じゃないの。二人きりなんだから。それとも――」

と、ぐっと目が険しくなって、

「女でも囲おうっていうつもり?」

「馬鹿言え。そのつもりなら、いちいちお前にしゃべるもんか」

「あ、そうか」

「よく考えて物を言えよ。警視庁捜査一課の鬼刑事だろ」

「へへ」

　真弓はペロッと舌を出した。若くて美人、かつグラマーという、社会派リアリズムとは反対の極にあるイメージの刑事である。しかも惚れ抜いた亭主が泥棒ときているから、これはもう誰に言っても信用されない。

「別宅ったって、軽井沢あたりに別荘を借りようってんじゃない。お前も事件を抱えてるときは明け方まで働くことがあるだろう。そんなときにこんな遠くまで帰って来て、また翌日出かけてくってのは苦労だろうと思ってな。だから、一つ都心にマンションでも借りようかと思ったんだ」

「私がそこへ泊るの？　で、あなたはそのときは何してるの？　他の女をこの家に──」

「お前のやきもちはきりがないな」

　と淳一が苦笑しながら言うと、

「いいのよ、いいのよ。どうせあなた私に飽きたんでしょ。男なんてみんな勝手なんだわ。散々人を狂わせておいてポイと……」

いて、
と真弓がシクシク泣き出した。淳一が目を丸くする。いつもなら拳銃など引っこ抜
「無理心中だ！」

と振り回すのに、今日はどうも様子が違っている。

「おい、どうしたってんだ？　俺はお前のためを思って――」

「いいわ、私、一緒に死んでもらうから」

「今日は拳銃は使わねえのか」

「使わないわ」

真弓はグスンとすすり上げて、ソファのわきのサイドテーブルの裏側へ手を入れた。

「さあ、覚悟はいい？」

「何の真似だ？」

「ここのボタンを押すと、この家が吹っ飛ぶのよ。ダイナマイトを予《あらかじ》め床へ埋め込んどいたんですからね」

「おい、ここはフー・マンチューの隠れ家じゃねえぞ。いい加減にしろよ」

「嘘だと思ってるのね？　じゃいいわよ。十秒前、九秒前、八、七、六……」

「分かったよ。どうすりゃいいんだ？」

苦笑いしながら言うと、

「私にキスしなさい。……それから抱きしめて……そう、次に眼を……」

幻の爆破スイッチを押すはずの指は、もう淳一の背中へ回っていた。

「――で、どこにするか、もう決ってるの？」

一戦交えた後、服を着ながら真弓が言った。

「何を？」

「その別宅じゃないの」

「お前、別宅を持つのに反対だったんじゃないのか？」

と淳一が呆れると、

「あら、私、いつそんなこと言った？」

前言を翻《ひるがえ》す自由というのは、美人の特権なのである。

「まあ、目をつけてる所はあるんだが……」

「じゃ、行ってみましょうよ」

「今から？　もう、夜だぜ」

「いいじゃないの。午前零時ってわけでもあるまいし」

「開けてくれるかどうか分からないぜ」

「忍び込めばいいじゃないの。あなた、得意でしょ」

「それが警官のセリフか？」

淳一は首を振りながら言った。


「なかなかいいマンションじゃないの」

真弓は、六階建の、中規模ながらあまり安っぽくもなく、けばけばしくもない洒落《しゃれ》た外観のマンションを見上げて、気に入った様子である。

「ここの三階が一部屋空いてたんだ」

「ふーん。悪くないわね」

二人は管理人室へ行った。頭のはげたおっさんがのこのこ出て来て、淳一の顔を見ると、

「やあ、あんた昼間の――」

「どうも。これは女房なんだが、ぜひあの部屋を見たいっていうもんでね」

「そうかね。そいつは……」

と管理人が困った様子で頭をかく。

「どうかしたのかい？」

「実はね、もう借り手がついちまったんだよ」

「それはないぜ、おじさん。頼んどいたじゃないか、一日、二日の内に必ず返事をするから、それまで誰にも貸さないでくれ、と――」

管理人は肩をすくめて、

「わしはただの管理人だからね。そう言われたって困っちまうよ。あんたの話は持主へ伝えたんだ、ちゃんとね。でも、その後で――」

「後？　それなら順序から言って、俺が先じゃないか」

「そうよ、道義的に許せないわ！」

と真弓も一緒になって、「射殺してやるわ！」

と、穏やかでない。

「仕方ないよ」

と管理人は言った。「何しろ家賃を二倍払うって言ったんだそうでね。貸す方にしてみりゃ、あんた……」

「二倍払う？　そいつがそう言ったのかい」

「そうらしいよ」

「ふーん」

淳一は何やら考え込んでいたが、「で、そいつはもう越して来たのか?」

「荷物は夕方運び込んでたよ。人間の方は後で越して来ると言っとった」

「そうか。——まあ、決っちまったんじゃ仕方ねえな」

と、淳一はあっさり諦めた様子で、ニヤリと笑った。

「じゃ、また空きができたら教えてくれよ」

と言っておいて表へ出る。

「もっとしつこく粘ればよかったのに」

と真弓が諦め切れない様子だ。

「おい、ちょっと頼みがある」

「何よ?」

「近くの公衆電話から、さっきの管理人へ電話して、ちょいと呼び出してくれ」

「どうするの?」

「家賃を倍も払って入るほどの部屋かどうか、中を見たい」

「ええ?　不法侵入よ」

「泥棒に今さらお説教したって始まるめえ。じゃ、巧くやってくれ」

淳一はポンと真弓の肩を叩いて、マンションの、駐車場への入口近くに身を潜めた。

一分としない内に、さっきの管理人が、あわてた足取りで出て来る。淳一は、その後姿が遠去かるのを待って、素早くマンションへ入って行った。

階段を駆け上がると、目指す三〇六号室へ。廊下の両側に、三つずつドアが並んで、各階は六室である。三〇六号室は、階段から一番遠い奥にあった。

こんなマンションの標準的なドアの鍵など、淳一の手練の指捌《ゆびさば》きにかかっては一分ともたない。素早く中へと滑り込んだ。

もちろん、中は明りも消えて真っ暗である。ここで焦ってペンシルライトなどを点《つ》け、向いの建物から見られでもしては、やばいことになる。急がば回れ、のたとえに忠実に、淳一は闇に目が慣れるのを待った。正面にドアがあり、左手はどうやらバスルームになっているらしい。靴を脱いで上がり込み、正面のドアを開ける。

リビングルームらしい広い洋室。――こういう建物は必ず南側がバルコニーになっていて、ガラス戸がはめてあるから、今のようにカーテンもまだ付けていない状態では、結構表の街明りが射して、ライトなしでもそう不便せずにすむ。

荷物を運び込んだとはいえ、まだ段ボールや木箱がそのままで、開梱していない。

淳一は他の部屋も、ざっと見て回った。

広さは2LDK。都心近くで、土地面積が狭いので、一部屋もそう広くない。せいぜい六〇平米《へいべい》というところか。

それにしても、ちょっとひっかかる。――確かにここは交通の便もよいし、環境もそう悪くない。しかし、いわゆる超豪華マンションではないし、広さ、造りから言っても、本来の家賃十二万の倍――二十四万円も払ってまで借りたくなるほどの、魅力があろうとは、到底思えないのだ。

何かある……。淳一の第六感がそう教えていた。

他にも妙なことはあった。荷物といっても、まだ全部は運んでいないのかもしれないが、それにしても少ない。大体、タンス、戸棚の類が一つもないのである。そういう物は明日、搬入する気だろうか?

またその内、ここへ邪魔することになるかもしれねえな、と淳一は思った。――さて、引き上げるか。

リビングルームを出ようとしたときだった。微かな物音を、淳一の鋭敏な耳が捉えて、淳一は素早く振り向いた。

部屋は、何も変わりがないように見えた。動く物はない。しかし、淳一は、今耳にした物音が、空耳や気のせいでないことを知っていた。自分の感覚、判断力には自信がある。

静かに暗がりに身を潜め、息を止めてみる。耳に神経を集中していると——ガサッと、明らかに何かが動く音がした。

この部屋にいるのは、自分だけではないのだ。淳一は油断なく身構えながら、そっと再びリビングルームの中央へと足を進めて行った……。

「遅いわねえ、全く」

苛々しながら真弓は呟いた。せいぜい五、六分で出て来ると思ったのに、もう十五分たつ。何をしてるのかしら？　まさか、あの人、その部屋に女を待たせといて、浮気を……。

何でもその方面へと結びつけるのが真弓の癖である。考えれば、女房を表に待たせて浮気する亭主などあるはずもないが、こと夫に関しては理性を失うのが、真弓の性格だ。

「後一分待って出て来なかったら……」

拳銃を片手に乗り込んでやろう、と決心した。——しかし、幸い、約三十秒経過したところで、淳一が悠々と出て来るのが見えた。

「何やってたのよ！」

と早速かみつく。淳一はそれには答えず、

「管理人の奴、どこまで行ったんだ？」

「警察よ」

「警察？」

「そう。重要な事柄につき、伺いたいことがあるので、即刻出頭して下さい、って言ってやったの。行ってみて、いたずらと分かったって調べようがないから大丈夫」

「ひどい刑事もあったもんだな」

「この手のいたずら、結構あるのよ」

と真弓は澄ましている。

「俺の方は、住み良い部屋かどうか、よく調べたんだ」

「馬鹿らしい。どうせ入れないのに」

「いや、きっと近い内にまた部屋が空く」

淳一の自信ありげな口ぶりに、真弓は目をパチクリさせて、

「どうして分かるの？」

「第六感って奴さ。俺の感覚は鋭敏だからな」

「まあ、いやらしい！」

何を誤解したのか、真弓は笑いながら、肘でいやというほど淳一の横腹を突っつい
た。

2

それから三日後には、淳一の言葉に間違いなかったことが立証された。

「まあ、本当?」

捜査一課で淳一からの電話を受けた真弓は顔を輝かせた。「――へえ!　またずい
ぶん奇特な方ねえ。――分かったわ。じゃ、帰りにそっちへ回るから」

隣の席の、道田刑事が、

「何かいいことがあったんですか、真弓さん?」

と訊いた。真弓の部下で、純真な独身刑事である。

「マンションを借りたのよ」

「へえ!　凄いですね。でも――」

と急に深刻な表情になり、「一体どうしたんです?」

「何が?」

「ご主人と別居なさるんでしょ。それじゃ離婚は時間の問題で……」

「芸能週刊誌みたいなこと言わないでよ」

と真弓は苦笑したが、ここは一つ道田をからかってやろうと、深くため息をついて、

「お互いのために、別れるのが一番だと思ったのよ」

「真弓さん！――僕でよろしければ二番目は――」

気の早い男である。元来真弓に憧れているのだ。

「じゃ、私の頼みを聞いてくれる？」

「はい！　何でも言って下さい」

「この報告書ね、代りに作っといてくれない？」

仕事を道田に押し付けて、真弓はさっさと早退。あのマンションへと足を運んだ。

「おや、奥さんだね」

と管理人が真弓を見て、「ご亭主は部屋にいなさるよ。三〇六号室だ」

「ありがとう」

「大変だと思うがねえ……」

と管理人が同情するように言った。

「何のこと？」

「何日我慢できるか……」

我慢？　何を言ってるんだろう？——真弓は三階へ上がり、〈三〇六〉とプレートのついたドアをぐいと開けた。

「あなた！　来たわよ」

と靴を脱ごうとして、ギョッとした。見憶えのある淳一の靴と並んで、若い女物の靴があったのだ。

リビングルームへ入って行くと、ソファに座っていた淳一が、

「何だ、早かったな」

と言った。「何してるんだ？」

真弓は拳銃を手にしていたのである。

「隠したってだめよ！　靴があったじゃないの！」

「ああ、あれか。隣の三〇四号の住人さ。おい、その物騒な物をしまえよ。ただ隣人同士の挨拶に来ただけなんだから」

「怪しいもんだわ」

としぶしぶ拳銃を収める。トイレに立っていた女が戻って来た。女というより、娘といった方が近い、十七、八のなかなか端整な顔立ちだ。

「あ、奥さんですね、初めまして。隣の中村秋子《なかむらあきこ》といいます」

「若いがれっきとした奥さんだぜ」

「まあ、そう。大変ねえ、お若いのに」

相手が亭主持ちと分かって少し安心したのか、真弓は急に愛想良くなった。

「なかなかいい部屋だろう」

と淳一が自慢する。

「でも、どういうわけ？　前の人、家具まで置いて出てっちゃったの？」

「次の住居が見付かったら取りに来るとさ。それまでは自由に使ってくれってことだ」

「引越し先もないのに出て行ったの？」

「ホテルにしばらくいるそうだ」

「でも、どうして？」

「隣の部屋で昼夜、のべつまくなしにガンガンロックをかけたからだ」

「じゃ、お宅が？」

「ええ……。お宅のご主人のご希望で」

と、中村秋子は言った。

「だから言ったろ。すぐに部屋は空くって」

　真弓は呆れて、

「それ、ちょっとひどいんじゃない？　無理に追い出しちゃったのね！」

「いいんだ。本人のためさ」

「どういう意味？」

「まあ、今に見てろ。お前の出番も来るさ」

　真弓はまじまじと淳一を見つめて、

「あなた、何を企んでるの？」

と訊いた。「私に隠してることがあるのね。そうでしょう？」

　淳一はとぼけた表情で、

「夫を信用しろよ。これは世のため、人のためになることなんだぜ」

と、ニヤリと笑った。真弓が、納得し切れない様子で――何も分からないのだから当り前だが――何か言いかけたとたん、グワーンと凄まじい音がして、部屋の戸や戸棚のガラスがビリビリと震えた。

「地震だわ！」

という真弓の叫びをかき消して、物凄い音が部屋に充満した。真弓が喚き、淳一が怒鳴り、中村秋子が何か言いながら、急いで出て行ったが、どの言葉も全く互いの耳に届かなかった。そして——不意に、音はピタリと止んだ。

「——してよ！」

と叫んで、真弓はキョトンとして周囲を見回した。「あら、静かになったのね」

「今、何を叫んでたんだ？」

「さあ。うるさくって自分でもよく分からなかった。——今のが例のロックなの？」

「各チャンネル二百ワットのパワーアンプでＪＢＬの大型スピーカーを最大ヴォリュームで鳴らしたんだ。それもこっちの方を向けて壁にくっつけてな」

「あれじゃ出て行くわね……」

「すみません」

と、中村秋子が戻って来て、「タイマーをセットしたままにしてあったんです」

「もうスイッチを切っとけよ」

「はい、切りました」

「私もロックは聞いたことあるけど、こんな凄いの初めてだわ。大体、どんな音楽なのか、全然分からないじゃないの」

と、真弓が言った。「——あら、まだ何か聞こえてるじゃないの」

淳一が、ふと顔を引き締めた。

「あれは生《なま》の音だぞ。お前の専門じゃないか。パトカーの音だ」

「あ、本当ね。どこかで聞いた音だと思ったわ」

呑気な刑事である。「――あら、この前で停った！」

「行ってみよう」

と淳一が立ち上がった。


マンションの表には人だかりがしていた。

「ちょっとごめんなさい」

と人垣をかき分けて、真弓たちが中へ入る。駆けつけていた警官が、

「入っちゃだめだ！」

と怒鳴る。

「私はいいのよ」

真弓の警察手帳を見て、警官はあわてて、

「あ、これは失礼しました」

と敬礼する。

「まるで水戸黄門だな」

と淳一が笑った。

「何事なの、一体?」

「飛び下りのようです」

死んでいたのは、四十前後の、労務者風の逞《たくま》しい男だった。

「誰か落ちるのを見た人は?」

「今のところ、名乗り出ていません」

「一一〇番したのは誰?」

「わしですよ」

と顔を出したのは、管理人だった。

「あら、おじさんだったの……」

「見付けたときはこうなってたのかい?」

と淳一が訊く。

「そうですよ。もう息絶えててね。こいつは屋上から飛び下り自殺したんだと思って、急いで一一〇番したのさ」

「ふむ」

淳一は何やら考え込んで、死体の傍にかがみ込むと、死人の手を取った。取り囲んでいる野次馬から、キャーッと声が上がる。

「見ろよ、真弓。この手。爪の間に土が入ってる」

「あら、本当だわ。そういう仕事をしてる人なのね、きっと」

「こいつは、お前の領分だ」

と淳一が立ち上がる。

「自殺は一課の担当じゃないわ」

と真弓は肩をすくめた。そのとき、

「ほら、あっちへ行って」

と、警官が言うのが聞こえて、二人が振り向くと、五、六歳の男の子がボールを持って立っている。警官は、

「これは子供の見るものじゃないからね」

と追いやろうとするのだが、子供の方は何か言いたげに、真弓と淳一を交互に見ている。

「ちょっと待った」

と淳一は警官を押えて、「おい、坊や、何か話したいことがあるんだろ？」

「うん」

と、腕白坊主らしいその子供は嬉しそうに肯《うなず》いた。

「この人が落ちるのを見たのかい？」

「いいや」

と首を振る。

「それじゃ、何だい？」

「聞いたの」

「聞いた？　何を？」

「この人がしゃべるのを」

「じゃ、この人が死ぬ前に何か言ったのかい？」

「そうだよ」

「何と言った？」

「うん……。『穴だ』って」

「穴？」

「二回言ったよ『穴だ、穴だ』って」

「確かに、『穴だ』と言ったんだね？」

「本当だよ」

淳一は子供の頭を軽く撫でて、

「よし。いいことを教えてくれたぞ。偉いな、坊主」

真弓は訳が分からないという様子で、

「穴？　飛び下りたのに、どうして穴が出て来るの？」

「さあ、どうしてかな」

と淳一は、あまり関心がなさそうに、「ともかく、こいつが飛び下りたんでないことは確かだ」

「え？」

「屋上から飛び下りて、地上に叩きつけられた奴が、一言だってしゃべれると思うか？　即死だよ。しゃべったってことは、奴が、落ちたんじゃないってことだ」

「それじゃ――」

「おそらく、殴り殺されたんだ。それを墜落死のように見せかけるために、ここへ運んだ。しかし、死んでると思ったのが、まだ、わずかに息があったわけだな」

「殺人事件ね！　じゃ、私たちの出番だわ」

と、がぜん、真弓が張り切り出す。パトカーへ駆け寄って、無線で捜査一課を呼び出すと、てきぱきと指示を始めた。

「この辺で真弓のテーマでも流さなきゃならねえな」

と、淳一は呟いた。

——十分の後には、パトカーが何台もやって来て、道田も姿を見せた。

「やあ、ご苦労さん」

淳一が声をかけると、

「今野さん、それじゃ、このマンションが……」

「そうだよ」

「そうですか。いや、真弓さんから伺いました。どうも何と言っていいか……。お二人で、やり直せるものなら何とか……」

淳一には、道田の言うことがさっぱり分からない。

「やり直す？　何を？」

「ですから、ここは思い直してですね、つまり、早まったことをして後悔しても……。あ、今仕事中なので、失礼します」

と行ってしまう。淳一は首をひねった。少し働きすぎじゃないのか、あいつは？

3

「被害者の名前は富田邦夫《とみたくにお》です」

と、手帳を見て、道田が言った。「職業は土木業だそうです。奥さん一人と子供が一人」

「連絡してあるの？」

と真弓は訊いた。――二人を乗せたパトカーは、当の富田の家へ向っていた。

「ええ。やっぱり悲しそうでしたね」

「当り前でしょ。夫婦なんだから」

「そう……でしょうねえ。真弓さんももしご主人が亡くなったりしたら……」

真弓が凄まじい顔で道田をにらんだので、道田はあわてて口を閉じ、手帳を閉じ、目までついでに閉じてしまった。

――富田の妻君は意外に若い女だった。

「子供はまだご覧の通り一歳になったばかりで……。これからどうしたらいいのか……」

と、赤く泣きはらした目から、もう涙は出し切ってしまったようで、放心したように、やっとつかまり立ちして歩き始めた、よく太った赤ん坊を眺めている。

「ご結婚は最近?」

と真弓が訊いた。あまり事件とは関係のない質問だったが、同じ妻の立場として気になるのである。

「ええ、まだ三年になりません。――あの人、凄い子煩悩《こぼんのう》で、この子のためにも、うんと稼がなくちゃ、と言って……。無理はしないでと言ったんですけど……」

「どうも妙なんですがね」

と道田が手帳を見て、「ご主人のお勤め先へ問い合せたところ、一週間前から休暇を取っておられたそうなんです」

「休暇ですって?」

と富田の妻君は唖然として、「そんな……。あの人、私には、急ぎの仕事だけど、いい金になるから、一週間か十日、泊りがけで働いて来ると言って出たんです」

「いい金になる?」

と真弓が訊き返した。「それがどこでの仕事か、おっしゃいませんでした?」

「何も。主人は大体、仕事のことは家で話しません」

「すると会社に黙って、アルバイトをやっていたんですね、きっと」

と道田が言った。真弓は肯いた。この妻君には気の毒だが、富田は、きっとあまりまともでないアルバイトをやっていたのに違いない……。

「そうでしたか」

妻君は力なく肩を落として、「――どうも少しおかしいとは思っていたんです」

「おかしいって、どういう風に？」

「ええ……。あの人、仕事で良く三日とか一週間とか、出張することはありましたけど、そんなときでも必ず二日に一度は電話をかけて来てくれました。それが今度は一度も……。何かあったんじゃないかと、気が気でなかったんです。会社へ電話してみようかとも思いましたが、あの人がいやがるので……。でも、まさか、こんなことになるなんて」

重苦しい気分になった。グスン、グスンとすすり上げるような泣き声……。真弓は、びっくりした。泣いているのは道田なのである。ナイーブなんだから！

「あの、奥さん、ご主人はどういう仕事をやっていらしたんですの？」

「あの人は……ダイナマイトを持っていましたわ」

「ダイナマイト？」

「ええ。トンネルを掘るとか、ビルの解体とか……。あの人、いつも俺は造るより壊す方が得意なんだって、冗談に言ってましたわ」

「誰か、ご主人を恨んでいる人に心当りはありません？」

と訊くと、富田の妻君は、途方に暮れた表情で、

「さっぱり分かりませんわ。主人が死んだと聞かされたとき、私、工事中の事故だとばかり思ったんです。――それが自殺と言われ、殺人と言われ……。何がなんだか。それに主人は人に恨まれるような性格ではありませでした。もし、本当に殺されたんだとしたら、きっと何か他の理由だったと思いますわ」

これではどうにもならない。真弓たちは、引き上げることにした。

帰りのパトカーで、道田はハンカチを鼻に押し当てて、チンと鼻をかむと、

「全く、気の毒ですねえ」

と、声を詰まらせながら言った。

「本当ね。アルバイト中じゃ、会社からも補償金は出ないし……」

「どうやって暮して行くんでしょう？」

「私に分かるはずないでしょ。道田君、あの未亡人と結婚してあげたら？」

「僕が、ですか？」

冗談のつもりで言ったのに、道田は真《ま》に受けたのか、深刻な顔でしばらく考え込んで、

「――しかし、僕は別れた後の真弓さんの面倒をみなくてはなりません」

と言った。

救いがたいや、こりゃ。真弓は窓の外を見た。

「――あ、そうだ。ちょっとマンションの方へ回って、降ろしてちょうだい」

「現場を見に行くんですか?」

「違うわ。主人と離婚について協議するの」

と真弓は言ってやった。

三〇六号室のチャイムを鳴らすと、ややあってドアが開き、

「あ、奥さん」

と、中村秋子が顔を出した。――どうしてこの人、いつもここにいるの? 不愉快な気分を押えて何とか愛想良く、

「あら、主人はいる?」

「奥さんがおいでになったら、伝えてくれとおっしゃって」

「何を?」

「地下室にいるから、絶対誰の目にも止まらないように来い、と」

「地下室?」

「ええ、そうおっしゃってました」

——あの人、何を考えてるんだろう?

真弓は一階へ降りながら、首をひねった。いや、地下室に何の用があるかも分からないが、淳一のことだ、きっと何か理由があるに違いない。それより腑に落ちないのは、あの中村秋子という女に、平気で言《こと》づけて行くことなのである。

あの女、一体何者なのか? 亭主持ちというのに、どうして自分の部屋にいないのか……。

一階へそっと降り立つと、管理人室の方を覗く。管理人のおじさんが、週刊誌か何かをパラパラめくっていた。

誰の目にも止まらないように、と言うからには、管理人の目についてもいけないわけだ。さて、どうしよう? 地下へ降りる階段に行くには、もろに管理人室の前を通り抜けなくてはならないのだ。

「困ったな……」

急なこととて名案が浮かばない。ヒッチハイクじゃないから、足を見せたって仕方ないし……。

「あ、そうか」

簡単な方法があった。真弓は拳銃を抜くと、実弾の代りに三発空包を込めた。威嚇射撃のために持っているのである。

真弓は銃口を上へ向けると、

「キャーッ！」

と悲鳴を上げておいて、三回、続けざまに引金を引いた。音の響きやすい階段に、グワンと銃声がまるで大砲のように響きわたる。

「わっ！」

管理人が飛び上がった。もちろん何事かと階段の方へ走って来る――はずはなく、まっしぐらに出口から逃げ出して行ってしまった。

真弓は悠々と地下室への階段を降りて行った。きっと後で大騒ぎになるだろうが、かまやしない。弾痕一つ残っちゃいないのだし、まさか刑事がそんな無茶をするとは思わないだろう。

地下室といっても、住居があるわけではなく、もちろん地下牢、地下鉄もない。〈電気室〉と書いた入口を入って行くと、何やらわけの分からないパネルと、モーターらしきもの、やたらに這いずり回っている大小のパイプ……。

「どこにいるのかしら？」

と、キョロキョロ見回しながら歩いて行く。そして、ハッとして足を止めた。

コンクリートの冷たい床に、淳一がうつ伏せに倒れていたのだ。

「あなた！　しっかりして！」

真弓は駆け寄って、「死んじゃいや！　気をしっかり持って！」

すると淳一がヒョイと顔を上げた。

「うるせえな。静かにしろよ」

「——何だ、大丈夫なの？」

と真弓は拍子抜けの態《てい》。

「しっ！」

と淳一は唇に指を当てて、それから、右耳を床に押し付けた。

「何してるの？」

と真弓は訊いた。「インディアンの真似？」

「似たようなもんだ」

淳一は立ち上がって、服の埃を払うと、「さっきの銃声は？」

「私よ。だって誰の目にも止まるなって言うから、管理人のおじさんを追っ払わなくちゃいけないでしょ」

「呆れた奴だ。空砲だったんだろうな」

「当り前よ」

二人が地下室から一階へ上がって行くと、すぐに入口から管理人が、警官を連れて駆け込んで来た。

「あ、あんた方、大丈夫だったかね？」

「あら、どうしたの？」

「銃声がしたんだ。女の悲鳴が聞こえて――」

「まあ、大変だわ！　私も一緒に調べてあげる」

淳一は、とぼける演技だけなら真弓はアカデミー賞をもらってもおかしくない、と思った。

もちろん、弾痕の一つも、死体も見付かるはずはなく、管理人はしきりに首をひねるばかり。

「おかしい、確かに……」

そこへ、

「どうしたんです?」

と、階段を降りて来たのは、五十がらみのいかにも裕福そうな紳士である。

「あ、山内さん」

と管理人が頭を下げる。

「昨日といい今日といい、警察の方の手をわずらわすようなことが続いては、安心して住んでおられんな」

と、山内というその紳士は、少し厳しい口調で言った。それから、淳一と真弓に気付き、

「これは新しく入居された方ですな。私はここの管理組合の委員長をやっとる山内といいます」

「こいつはどうも……」

淳一が急いで名刺を取り出した。「私はこういう者で」

真弓がびっくりした。いつの間に名刺を作ったのかしら? まさか、〈泥棒業・今野淳一〉なんて書いてあるわけじゃあるまいが。

「ほう。〈バー・みどり〉にお勤めで?」

言われて淳一が、

「しまった！　失礼しました。間違えて」

とあわてて名刺を取り戻す。「今野といいます。これは家内の真弓で」

「これはこれは」

山内は礼儀正しく会釈して、「住人に美しい方がふえるのはいいものです」

と微笑んだ。

「山内さんはさっきの銃声と悲鳴をお聞きになりませんでしたか？」

と管理人が訊いた。

「銃声と悲鳴？　いいや、一向に」

「変だなあ、確かに……」

「きっと車のバックファイヤか何かを聞き間違えたんだろう。警察の方はお忙しい。あまりお手数をかけてはいかん」

「どうも……」

と管理人が頭をかいた。

部屋へ戻ると、中村秋子はいなかった。真弓がジロリと淳一をにらんで、

「さっきのは何よ、バーの名刺なんて、どうしたの？　ホステスと浮気でもしたんでしょ」

淳一は名刺を取り出すと、

「さあ、これに山内って奴の指紋がついてるはずだ。リストを当ってみろ」

「ええ?」

「はっきりしないが、あの顔はどこかで見たことがある」

と言って、淳一はソファに腰をおろした。

4

「驚いた!」

真弓は道田からの報告を聞くと、受話器を置いて言った。「あの山内って人、とんだ食わせ者ね。本名、大津《おおつ》一弥《かずや》。前科三犯。強盗、恐喝、詐欺……。見かけはあんな紳士なのに!」

「だから、女の目はだめなんだ。つい外見でごまかされる。おい、俺の指紋は登録されないようにしといてくれよ」

「分かってる。後で確かめるわよ。でも、どういうことなの? 何か企んでるのかしら?」

「そうさ。俺の想像では、どえらいことを、な」

「あの殺された富田って人も関係あるの？」

「もちろんだ。大津に雇われて計画に加わったものの、逃げ出そうとして消されたのに違いない」

「どんな計画なの？　分かってんでしょ。教えてよ」

「推理小説じゃや、名探偵は最後まで真相を言わないもんだぜ」

「ケチンボ！――ねえ、教えて」

と、ソファの淳一の方へにじり寄って行く。

「よせよ。だめだぜ、そんなことしたって……」

「これでも？」

と真弓が服を脱ぎ出した。

「おい、まだ夕方だぞ」

「いいじゃないの、どうせあなたは夜昼逆の生活してんだし……。教えてくれなくてもいいから……」

と、目的が変わって、ともかく二人はソファの上で絡み合おうとしたのだが……。

淳一がふと顔を上げた。

「待て！」

「どうしたの？」

「——何か聞こえた。悲鳴を押し殺したような声だ」

「気のせいじゃないの？」

「いや、違う。おい、拳銃持ってついて来い」

真弓はあわてて服を着ると、拳銃を手に、淳一の後に続いた。淳一はそっと玄関のドアを開けると、廊下を素早く見回した。人の姿はない。足音を忍ばせて滑り出ると、隣の、三〇四号室のドアへピタリと耳を当てる。

「ドアを開けたら一気に飛び込め。いいな？」

と声を殺して囁く。

「任しといて」

「いくぞ」

淳一がドアを開けて飛び込む。真弓が続いた。

リビングルームのドアが開いていて、部屋の中央に立っていた男が驚いて一瞬棒立ちになった。床に中村秋子が血の気を失った顔で倒れている。首の周りに、縄が食い込んでいた。

「動くな！」

真弓が拳銃を構えて鋭く言った。「両手を上げて！」

「分かったよ。――撃たないでくれ！」

それは、管理人の「おじさん」だった。


次の日、午前十時ぴったりに、マンションの中の非常ベルが一斉に鳴り出した。

こういう所では、よく子供のいたずらでベルが鳴ることがあり、住人たちもしばらくは本気にしていなかったが、あまり長く鳴り続けるので、不安になった様子で廊下へ出て来た。――平日のこととて、主婦や子供ばかりだが、口々に、

「いやねえ……」

「どうしたのかしら、煙は見えないけど」

などと言っていると、突然、ピタリとベルが止まり、代りに男の声が流れ出した。

「住人の皆さんに申し上げます。これから言うことを、よく聞いて下さい。このマンションには方々にダイナマイトが仕掛けてあります」

思わず誰もが顔を見合わせた。声は続けて、

「逃げようとしたり、警察へ連絡した場合は、ためらうことなくビル全体を爆破しま

す。おそらく一名の生存者も残らないでしょう。これから言う指示をよく守って、言われた通りにしていれば安全は約束します。――まず、各自が家へ戻って、あるだけの現金、それから預金通帳、印鑑を封筒に入れ、ドアの外へ出しておく。その間、電話は鳴っても、決して出てはいけない。そのまま各自、部屋へ閉じ籠《こ》もって、次の指示があるまで待つこと。くり返すが、万一、警察へ通報する者があった場合、このビル全部が一瞬に破壊される。――信用できないと思う者のために、三階の廊下の一部を爆破する」

　ドシンと衝撃が走って、三階の、階段わきの壁が崩れた。後にポッカリと穴が覗く。悲鳴を上げる者もなかった。他の階の住人も、その音と衝撃で、その脅迫がはったりでないことを知った。

「――分かったかね。では一分以内に、さっき言った通りの物を廊下へ出しておくんだ！」

　ワッと、廊下から人の姿がかき消すようにいなくなった。

大津一弥は、マイクの前でほくそ笑んだ。今頃、マンションの中は大騒ぎだろう。もちろんこれで済ますつもりはない。現金と預金だけではたかが知れている。次は、住人たちに、電話をかけさせる。亭主でも親でもいい。とにかく身代金を一千万ずつ用意させるのだ。

マンションの戸数は二十四戸だ。自分を除いて、二十三戸。二億三千万になる勘定だった。

途中で警察へ知れても、それはそれでかまわない、と思っていた。マンションに近付いたら爆破すると脅しておけば、手は出せない。こっちはともかく、マンションの見える場所から、遠隔操作で爆破できるのだ。警察が妙な手出しをしようとすれば、一つ二つ、ダイナマイトを爆発させてやる。それで手出しはできなくなるだろう。

大津はもう一つのマイクへ呼びかけた。

「——おい、どうだ、集め終ったか?」

「それが、親分……」

と戸惑った声。

「どうした?」

「廊下には何も出てません」

「何だと?　よく見たのか?」

「ええ、全部回りました。でも——あっ!」

と叫ぶ声。何かが激しくぶつかる音がした。

「おい、どうした？　返事をしろ！」

少し間を置いて、違う声が答えた。

「おい、大津。ずいぶんあくどい真似をするじゃねえか」

「誰だ？」

「誰でもよかろう。ともかくお前の計画はすっかりお見通しさ。このマンションの地下へ穴を掘って埋めたダイナマイトはもう線を外してある。使い物にならないぜ」

「何だと？」

「諦めるんだな。その代り、今度はこっちが要求を出す番だ」

「要求？」

「お前もこれだけの計画を立てたんだ。かなり資金を用意したろう。有金残らず出してもらおうか」

「ふざけるな、こいつ！」

「冗談じゃないんだぜ。お前のいる家はちゃんと分かってる。そこへゆうべ忍び込んでな、爆薬を仕掛けて来た。いやだと言えばそいつのスイッチをここで押すだけだ」

「でたらめ言いやがって！」

「そうかな？　じゃ見てろよ。お前の後ろにテーブルがある。花びんののってるやつだ。そのテーブルに少量の爆薬が仕掛けてある。けがしないように、床へ伏せていな」

と言い終えると同時に、破裂音が耳を打って、大津はひっくり返った。テーブルが裂け、花びんが砕けて、水が床へ溢れ出た。

「分かったかい？」

「わ、分かった……」

大津は真っ青になって這いずり上がった。

「いくら手もとにある？」

「二……二千万くらいだ」

「ふん、少ないが、まあいいだろう。封筒へ入れて、塀越しに表へ放り投げろ。早くしろ！」

大津はあわてて机の引出しの奥から、金の包を取り出し、塀越しに外へ投げた。

「投げたぞ！」

「よし。じゃ、そこで待ってるんだな。もうすぐ警察がそこへ行く」

大津は唇をかみしめた。畜生！　何てこった！　どこのどいつか知らないが……。

ふと、大津はマンションの爆破ボタンへ目を向けた。――そうだ。あいつの言うことだって、はったりかもしれない。もし爆破すれば、警察だってその混乱でこっちを逮捕するどころじゃなくなる。

「野郎……見てろ！」

大津はボタンへ手を伸ばした。


「――あの一軒家だわ」

と真弓がパトカーを停めて言った。

「ここからリモコンでねえ……。考えたもんだな」

「道田君、感心してる場合じゃないでしょ。さ、行くわよ」

「はい！」

と道田は張り切って先に立ち、玄関をがらりと開け、「警察だ！」と怒鳴った。――とたんに地響きと共に爆発が起こって、真弓も道田もひっくり返った。じっと伏せていると、バラバラと破片らしきものが落ちて来る。

やっと静まって、顔を上げてみると、家の半分が吹っ飛んで、跡形もなかった。

「道田君、大丈夫？」

「僕は……もうだめです」

道田が弱々しい声で言った。「色々、お世話になりました……」

「しっかりして！　どこも血なんか出てないわよ」

「あれ？　そうですか」

道田はちゃんと起き上がって、自分の体をまじまじと眺めた。「もう少しスマートな手足だったと思うけどなあ……」


「管理人の自白でね、一味は全部捕まったわよ。あなたも命拾いしてよかった」

真弓の言葉に、中村秋子は病室のベッドの上でゆっくり肯いた。

「これで兄のかたきもとれました」

「お兄さんとあの富田って人の他にも、計画から抜けようとして殺された人が一人いるらしいわ。大津も吹っ飛んで自業自得ってわけね」

「兄は死ぬ間際にあのマンションの名を言い残したんです。それで、きっと何か秘密があるんだと思い、三〇四号室を借りたんですの。でも、三〇六号室がまだ空いていました。大津の考えていることが、うすうす分かりかけて来たので、誰かが危い目にあうのを防ごうと思って、私が借りてしまったんです」

「それを管理人に怪しまれて殺されかけた……。危機一髪だったわね」

「ありがとうございました、本当に」

そこへ、淳一が顔を出した。

「やあ、大分顔色が良くなったじゃないか」

「どこへ行ってたの？」

「ちょいと届け物さ」

淳一は二千万円の包みを、富田の未亡人の家へ届けて来たところである。

「あの家の床下からマンションの下まで、トンネルが掘ってあったわ。埋めるのが大変よ」

「もったいない。観光名所にすりゃいい」

「まさか。——でも、大津って、自爆するほどの度胸がよくあったわね」

「もしかすると線のつなぎ方を間違えたのかもしれないぜ」

と淳一は真面目くさった顔で言った。

病室を出て、病院の廊下を歩きながら、真弓が言った。

「あの人の事情を知ってたの？」

「三〇六号室で、ひょっこり会ったんだ。何かわけがあることは分かってたが、無理には訊かなかった。向うもこっちをすぐには信用できないだろうしな」

「それで、ただあなたは部屋が欲しいだけだと言って――」

「手伝わせたのさ。こっちも、向うの亭主のことで、ちょっと手を貸したからな」

「そういえば、あの中村秋子さんのご主人ってどこにいるの？」

「ここにいるぜ」

「え？」

「あそこへ入るとき、夫婦者って条件だったそうなんだ。婚約中としておいたらしいが、一向に亭主が来ないんで怪しまれそうで困っていた。それで俺が名目だけなってやったのさ」

「あなた……。重婚罪で逮捕するわよ！」

「おい、何も届けを出したってわけじゃないんだ」

「それにしたって……。まさか実質的に夫婦だったんじゃないでしょうね！」

とかみつきそうな顔で言った。

「よせよ。俺の女房はお前だけさ」

淳一がぐいと真弓を抱き寄せ、廊下の真中で熱く唇を重ねた。看護婦や患者たちがニヤニヤしながら眺めている。

「真弓さん。あの――」

と急ぎ足でやって来た道田が、二人の姿を見てギョッと立ち止まり、深々とため息をついた。

真弓が気付いて、

「あら、道田君。何か用?」

「いえ……あの……。いいんです。僕は真弓さんさえ幸せなら……」

道田の後姿を見送って、淳一が言った。

「どうかしたのか、あいつ?」

「感じやすい年頃なのよ」

真弓は言った。

天上天下唯我独占

1

「もう、しゃくにさわるったらありゃしない」

帰って来るなり、真弓は脱いだジャケットをソファへ叩きつける。

今野淳一は、こういう妻にはすっかり慣れていたから、別に驚きもしなかった。

「お帰り」

と、新聞を広げたまま、言った。

「追いかけて、追い詰めたのに……くやしいわ！」

「逃げられたのか、殺人犯に」

「捕まえたわよ。ところが、確かに持って逃げていたのに、捕まえたときには何も持ってなかったのよ！」

「何をだ？」

「盗んだ宝石。仲間を殺して一人占めにしていたのよ」

宝石と聞いて、淳一は初めて顔を上げた。

――話の様子からも分かる通り、今野真弓は警視庁捜査一課の刑事である。若くて美人というのだから、本当はモデルか女優でもやってりゃいいようなものだが、なぜか〈人狩り〉が大好き、と来ている。

もっとも、その点は亭主の方も似たようなもので、苦味走ったいい男ながら、こちらは泥棒稼業が性に合っているらしいのだ。

「宝石だって？――詳しく教えろよ」

と淳一は言った。

「だめよ、イライラしてるんだから！　ああ悔しい！」

真弓は脱いだスラックスを叩きつけた。それからブラジャーを、それから……そして最後は何もなくなって、仕方なく（？）自分自身を淳一に叩きつけたのである。

「――ああ、やっとイライラが解消できたわ」

真弓が息を弾ませて言った。

「何だ、俺はイライラ解消機なのか？」

と淳一は笑った。

二人でシャワーを浴び、居間へ戻って来ると、真弓が言った。

「例の二億円の宝石を強奪した一味の一人なのよ」

「あのガードマンを殺した奴か？――全く、泥棒の道も堕落したもんだ」

と淳一は苦々しげに言った。

「松本って男が、その宝石を一人占めして逃げてるって情報が入ったの。それで方々に網を張っといたら、引っかかってね」

「で、捕まえたってわけだな」

「しばらく追っかけてからね」

「張ってたくせに、何してたんだ」

「道田君の真正面へ飛び出して行ったのよ。そのとき、道田君はたまたま欠伸《あくび》をしてたの」

「なるほど」

「それで二、三百メートル追っかけたんだけど、最初はちゃんと宝石を入れた袋を持っていたのよ。ところが、捕まえたときには何もなかったの」

「袋ごと？」

「ええ」

「じゃ、奴が通った道筋の両側を調べてみりゃいい。きっと塀越しにどこかへ投げ込んだんだ」

「それぐらい警察だって思い付くわよ」

「これは失礼」

と淳一はすっとぼけて言った。

「道の両側の家は徹底的に調べさせてもらったわよ」

「それで出て来ねえのか。——で、これからどうするんだ？」

「松本の奴を徹底的に痛めつけてやるわ」

と真弓は指をポキポキと鳴らした。

やれやれ、と淳一は嘆いた。最近は警察の方が暴力的になって来ている。

「おい、その松本って奴をどこで捕まえたんだ？」

「道路よ」

「——そりゃ、富士山の上とか、隅田川の底じゃねえのは分かってる。正確な場所を知りたい。それに時間とな」

「そんなこと聞いてどうするの？」

「俺が手助けしてやろうってのさ」

「怪しいもんね。宝石をかっぱらおうっていうんでしょう」

「よせよ、亭主を信じられねえのか？」

「亭主は信じるけどね」

と真弓は言った。「泥棒は信じないことにしてるの」


「この辺よ」

と真弓は路上に立った。

自動車道路と歩道はちゃんとガードレールで仕切ってある。松本は歩道で捕まっていた。左側を走っていたので、車と同じ向きということになる。

「捕まえたのは何時だ？」

「二時過ぎよ。正確には憶えてないわ」

「そこが知りたいんだがな」

「十分や二十分の違いがどうだっていうの？」

真弓がイライラした様子で言った。

「二時十二分ですよ、正確には」

と口を出したのは、同行して来ていた、真弓の部下の道田刑事である。

「道田君、どうしてそんなに正確に分かるの？」

と真弓が不思議そうに訊く。

「手帳にメモしてあるんです」

「そんなことメモしてどうするの？」

「将来、僕が自伝を書くときに、細かいデータがあった方がリアリティが出ると思いまして」

真弓は道田の言うことには取り合わずに、腕時計を見た。

「それならそろそろその時間よ。どうだっていうの？」

「まあ待ちな」

淳一は、じっと車の行き交う道路を見ていた。一、二分して、

「あのマイクロバスは──」

と口を開いた。見れば、白っぽい色に塗ったマイクロバスが走って来る。

「幼稚園の送迎バスじゃないの」

と真弓は言った。

帰る時間なのだろう。バスには大勢園児が乗って、ワイワイキャーキャー騒いでいる。

車体にパンダやライオンの素人っぽい絵が描いてあるマイクロバスが通り過ぎて行く。

「ああ、あのバス昨日も見たわ」

と真弓が思い出したように言った。「松本を捕まえたときにね。ちょうどあのバスが追い抜いて走ってくところだったの」

「そうか」

淳一は肯いた。「おい、道田君、今のバスがどこの幼稚園のか調べた方がいいぜ」

「はあ……」

道田がポカンとして、「でも、幼稚園のことを調べるのは、お生れになってからでいいんじゃありませんか?」

「そうじゃないよ」

「説明してよ。どういうこと?」

「いいか」

と淳一は言った。「その松本って奴は、あれだけの大仕事をして、しかも仲間を裏切って逃げたほどの男だ。相当に度胸のある男だといってもいいだろう」

「というより図々しいわ」

「そんな奴だ。逃げながらも二億円の宝石をどこへ隠すかと考えたに違いない。埋めるヒマはない。どこへ投げても発見されるだろう。――そうなると残るは通りかかった車の中だ」

「車の？」

「幸い車と同じ向きに走っている。追い越して行く車の窓の中へ宝石を投げ込むのは簡単だ。この季節、たいていの車は窓を開けて走ってる」

「でも、どこの誰の車か分からないのに？」

「奴はそこまで考えたに違いない。車の中へ妙な物が飛び込んで来りゃ、誰だって中を見る。宝石と分かれば、正直な奴は届けるだろうし、そうでない奴は自分の懐へ入れるかもしれない」

「あなたみたい」

「まぜっ返すな。いいか、奴はちゃんと車も選んだはずだ。どこの車か一目で分かって、毎日同じ時間にここを通る車――」

「あの送迎バス！」

「そうさ。それに、子供ならどうだ？　何やら袋が飛び込んで来て、開けてみると、きれいな石が一杯だ。子供に宝石の価値は分からない。みんなで分けて持って帰るだろう。親だって、まさか子供が本物の宝石を持って帰ったとは思うまい。宝石は子供のオモチャ箱におさまる」

「でも、それじゃ——」

「松本にはきっと共犯がいるはずだ。そいつへ連絡さえ取れれば、宝石を回収することはできないわけじゃない」

「そうか……」

「ともかく、奴には宝石がどこにあるか分かるのだ。たとえ全部回収できなくても、半分としたって、全部を誰かに持って行かれるよりましだろう」

真弓は、

「道田君！」

と叫んだ。「大至急、あのマイクロバスがどの幼稚園か調べて、園児の名前と住所を聞いて、その家へ行って、オモチャ箱を探して、宝石を取り戻すのよ！」

「もう少しセンテンスを短くしたらどうなんだ？」

と淳一は言った。

「何を短く？——髪？　スカート？」

「文章のことを言ってるんだ」

「あら、センテンスって文章のことなの？」

と真弓は感心したようすで、「どこかの下着メーカーかと思ったわ」

2

「意外に手間取りました」

と道田が汗をふきふきやって来た。

警視庁は捜査一課の中である。

「丸一日もかかったの？」

と真弓はご機嫌斜めだ。

「申し訳ありません」

と道田は頭をかいた。「ともかく、あの辺はやたらに幼稚園が多くって、電話番号を書き出すだけでいい加減時間を食っちゃって。それで電話したらもうみんな帰っちまって、どこも電話に出ないんです」

「今朝一番で電話したの?」

「ええ。そうしたら、どこも全部マイクロバスの送迎をやってるんです。捜査一課でもやりませんかね。寝坊できる」

「幼稚園へ入り直したら? それで?」

「で、パンダの描いてあるバスって言ったら、またほとんどが描いてあるんですよ。しかもあの道を通るというし。――時間的なことを言って、やっと三つに絞りました」

「じゃ早速出かけましょう。そろそろバスが帰りに送って出ちゃう頃だわ」

「はい。それじゃ、まず――」

と歩き出すと、真弓の机の電話が鳴った。

「ちょっと待って。――はい今野です。――え? 何ですって?」

真弓の声がオクターブ上がった。「分かりました、はい!――至急手配を――」

「どうしたんです?」

道田がびっくりして訊いた。

「〈よい子幼稚園〉のバスが乗っ取られたって!」

「〈よい子幼稚園〉ですって?」

道田は急いで手帳をめくった。「——最後に残った三つの内の一つですよ」

「何てことでしょ！　きっと松本の仲間なんだわ」

「ど、どうします？」

「ともかく園児三十人の命が大事よ。向うの要求を待つ他ないわ。——緊急手配！」


「おい、俺は昼間眠ることにしてるんだぞ」

と淳一が眠そうな顔で玄関から出て来た。

「早く乗ってよ」

「パトカーにか？」

淳一は嫌な顔をした。

「お嫌いですか？」

と道田が訊いた。「なかなか乗り心地いいですよ。手錠をかけてなきゃ、ですがね」

淳一は肩をすくめて乗り込んだ。

「一体何事だ？」

真弓が手早く事情を説明した。

「——ふーん。なかなか手早いな、あちらさんも」

「感心してる場合じゃないでしょ」

「俺に当るなよ。ちゃんと、早く調べろと言ったぜ」

と淳一は言った。「向うの要求は?」

「まだよ」

「今、バスはどこなんだ?」

「あの近くを走ってるわ。位置はつかんでるけど、尾行なんかしたら、子供たちが危いし……。手が出せないわ。悔しいけど」

「相手は何人だ?」

「正確にはつかんでないけど、三人ぐらいでしょう」

「——ま、向うの出方を見るより仕方ねえだろうな」

と淳一は言って、「だけど、どうして俺を引っ張って行くんだ?」

「あら、夫婦は常に一心同体よ」

淳一は呆れて真弓の顔を見た。

「無線が入ってます」

と道田が言って、受話器を渡した。

「はい今野です。——え?——どうしてそんな——」

真弓の顔が紅潮した。「でも——」

真弓はぐっと唇をかみしめた。

「分かりました。そっちへ回ります……」

「——何だい、一体？」

「向うの第一の要求よ」

と真弓はふくれっつらで言った。「松本を釈放しろ、っていうのよ」

「なるほどな。——どうするんだ」

「言われた通りにしろ、って命令よ。あいつを私が連れて行くんですって！」

真弓はもうカッカしている。「警視庁へやって！」

と、真弓はやけ気味に叫んだ。

——松本はふてぶてしさを絵に描いたように、ニヤニヤ笑いながら、

「——おや、こんな美人に送ってもらえるたあ光栄だな」

と言って、パトカーへ乗り込んで来た。

「つべこべ言わずに黙ってなさいよ！」

と真弓が怒鳴った。

「おっかねえなあ。その怒ったところも、また可愛いぜ」

松本は、淳一と真弓の間に、どっかりと腰を落ちつけた。

「バスの所までやって」

と真弓が言った。パトカーが走り出す。

「ああ、外の世界ってのはいいもんだな」

松本がいい気になって外を眺めている。「手錠もなくなって、ぐっと身軽になったしなあ」

真弓がプイと外を向いた。松本は淳一を見て言った。

「お前さん、刑事に見えないね」

「刑事じゃないからな」

「へえ。じゃ何だ?」

「泥棒さ」

松本はちょっとポカンとしてから、ゲラゲラ笑い出した。

「こいつはいいや!　なかなか、いいムードだぜ」

「ありがとう」

淳一は無表情に言った。「話はいいけど、外でもよく見とけよ」

「どうしてだい?　これからいやってほど見られるぜ」

「いや、これが見おさめだからな」

「何だと?――妙な言いがかりをつけやがると――」

淳一は軽く声を上げて笑った。

「何がおかしい!」

「おかしいと思わないのか?」

「な、何のことだ?」

「お前は、自分の手下が今、バスを乗っ取って、助けてくれようとしてると思い込んでるようだな」

「それがどうした」

「いいか、お前の手下なんぞ、お前が目の前でにらみをきかしてりゃ言うことを聞くかもしれないが、逮捕されたのを、自分の命をかけてまで助けに来ると思うか? よく考えるんだな」

初めて、松本の顔に動揺が見えた。

「そ、それじゃどうして――」

「バスでお前を待ち受けているのは、お前が裏切った連中さ」

「何だと?」

「お前から、宝石のありかを聞き出そうっていうのさ。その上で、きっとお前は殺されるぜ」

「いい加減なことを言うな！」

「本気にしないのか。それならいい。別に俺の知ったことじゃねえからな」

松本はしばらく口をきかなかった。——さっきまでの自信たっぷりの笑顔はもう消えてしまっていた。

「もうじきです」

と、道田が言った。「どこで停めますか？」

「バスのできるだけ近くへ行って」

と真弓が言った。

パトカーや警官が方々に見える。この一角を、バスは走り回っているらしい。

パトカーを停めると、警官が走って来た。

「——マイクロバスは？」

と、真弓が窓を開けて訊いた。

「今、その奥の広場で停っています」

「ありがとう」

真弓は、「――そのバスの見えるところまで行って」

と命じた。

パトカーは、細い道を抜け、道路がロータリーになっている広場へ出て停止した。

「OK、着いたわよ」

と真弓が言って、先に降りた。「さあ降りて」

と促す。淳一が、

「幸運を祈るぜ」

と言った。松本は、空元気《から》を見せながら、パトカーから出た。

「それじゃ、あばよ」

と言うと、バスの方へと歩いて行く。バスまで五十メートルほどの距離があった。

「どうなると思う？」

と真弓が訊いた。

「アーメン。先に言っとくぜ」

「本当に、連中、松本を殺すかしら？」

と真弓が言ったとき、バスへ近付いていた松本が、

「おい！　俺だ！　よく迎えに来てくれたな……」

と言ったとたん、二、三発、銃声がたて続けに鳴って、松本の体が吹っ飛ぶように宙に舞った。そして道に倒れたきり、もう動かなかった。

「——馬鹿ね」

と真弓が言った。「死んだってかまやしないけどね」

「しかし、奴ら、松本をすぐに殺してしまったのは、当然、宝石のありかを知っていたからだ。すると次の要求が問題だな」

と、淳一は言った。

3

「——やっと要求が来たわ」

と真弓が言った。

パトカーの中で昼寝をしていた淳一は大欠伸をした。泥棒がパトカーの中で眠るというのは、どうも妙なものである。

「何だっていうんだ?」

「あなたの言ってた通りよ。子供たちが宝石を持って帰ってるはずだから、集めて来い、って」

「よし、一緒に行ってやろう」

「あなたはいいの」

「どうしてだ?」

「集める代りにポケットへ、てんじゃ困るものね」

「亭主を信用できないのか?」

「亭主だから信用できないのよ」

淳一は肩をすくめた。

「ま、いいさ。誰が行ってるんだ?」

「道田君よ」

そう言ってから、真弓はちょっと気になる様子で、「——まあ、あの人もあんまりあてにはならないけどね」

一時間ほどして、道田刑事が息せき切って戻って来た。

「集めて来ましたよ!」

「あった?」

「たぶんこれだと思いますが……」

道田が布袋を出した。真弓が中から二、三粒の宝石を取り出す。

「まあ、すてきねえ！」

「おい、うっとりしてる場合じゃねえぞ」

と淳一が言った。「見せてみな」

淳一は袋の中の石を次々に光に透かして見ると、

「うん、これだ。間違いない」

と肯いた。「誰が届けるんだ？」

「そうねえ。ここはついでに道田君に――」

「ぼ、僕があのバスに？」

道田は真っ青になった。「だ、だめです！　すぐにバスに酔うんで」

「停ってるのよ」

「見ただけで酔います」

淳一が腰を上げた。

「俺が行ってやろう」

「でも、あなた警官じゃないのよ」

「それはそうだが、善良なる市民として協力するぜ」

真弓が咳込んだ

「いやあ、今野さんは偉いですねえ」

知らぬが仏で、道田が感服している。「警視総監賞を申請しましょう！」

「そいつはやめてくれ」

淳一はあわてて言った。「――それじゃバスへちょっと行って来る」

真弓が一緒について行く。

「――おい、一緒に来ると危いぜ」

「信用できないものね」

「おい、いくら何でも三十人の子供の命を危険にさらすようなことを俺がすると思うのか？」

「それじゃ本当に――？」

「任せとけ、って」

――マイクロバスは、まださっきと同じ場所に停っていた。松本の死体もそのままだ。

「気を付けてね」

一応、真弓もそう言って夫を送り出した。

淳一は、ちょいとそこらへタバコを買いに行くという感じで、バスの方へと歩いて行った。

「止まれ！」

バスの窓から、銃口がのぞく。「何の用だ？」

「お届け物です」

淳一はおどけた口調で、「印鑑をお願いします」

と言った。

「宝石か？　よし、持って来い！」

相手の声が弾んだ。

「まあ落ち着いて。それにこの人を放っといちゃ気の毒だぜ」

「そんな裏切り者はかまわねえ」

「そんなこと言うもんじゃない。仏はどれも尊いもんだ」

「おめえ坊主か？」

「根が真人間でね。ちょっと待っててくれ、この死体をわきへやる」

淳一は松本の死体を引きずって、道の端へ寄せると、バスの方へ歩いて行った。

「よし、乗れ」

でっぷり太った男が姿を見せて促した。

淳一はバスの中へ入った。――子供たちはキャアキャア騒いでいる。怖がるというより面白がっているという感じだ。

「うるせえガキどもだ！」

と太った男がグチった。「おい、宝石を寄こせ！」

「これだよ」

淳一が袋を差し出すと、男が引ったくるように取った。

犯人は三人だった。一人はこの太った男、一人は運転手に拳銃を突きつけている、小柄な、ネズミみたいな感じのする男、もう一人は、一番奥に突っ立って、マシンガンを構えている。

これがどうも一番の危険人物らしい。淳一は直感的に思った。

「こいつはいい眺めだぜ」

太った男がニヤついた。

「じゃ、子供は放すんだろうな？」

と、淳一は言った。

「まあ待ちな。それはこっちが逃げる算段をしてからだ」

「何だって？」

淳一は大げさに驚いて見せた。「それも考えないで、こんな真似をやったのか？」

「おめえにとやかく言われる筋合いはねえぞ」

と太った男がムッとした様子で言った。

「しかし呆れたもんだ。よく今まで生きて来られたな、ええ？」

「おい兄貴」

と、ネズミのような小男が口を出した。「こいつだぜ。昨日俺が話した例の——」

「こいつか？」

淳一は、

「何の話だ？」

と言って、すぐに察した。「ああそうか。じゃ、お前たちは、昨日、俺たちが話してるのを聞いてたんだな？」

「俺はなあ、立ち聞きの名人なんだぜ」

と小男が嬉しそうに言った。

「あんまり聞かねえ名人だな。——それで分かったよ。よく宝石のありかを察したと思って感心してたんだ。どう見ても、そんなに頭のいい奴はいそうもないからな」

「野郎」

マシンガンを持った男が言った。「殺してやる。兄貴、そこをどいてくれ」

「よさねえか。おめえは何かっていうとすぐ殺す殺すだ。――少し頭を冷やせよ」

太った男は淳一を見て、「おめえはなかなか頭が良さそうだな」

と言った。

「そいつはどうも」

「何か巧く逃げられる手はあるか？」

人の知恵を借りようというのか。全く図々しい連中だ。

「ヘリだな」

と淳一は即座に言った。

「何だ？」

「ヘリコプターだよ」

「そんな物、持ってねえ」

「警察にはある。それを使うのさ」

太った男は、興味を持ったようだった。

「しかし運転はどうする？」

「兄貴、ヘリコプターは操縦っていうんだぜ」

と小男が口を出す。

「うるせえ！　分かってらあ」

「警察は人質のいる限り言うなりだ。だからヘリを用意させる。三人が充分に乗れる奴だ。警察ので無理なら自衛隊のでもいい」

「私用に使って批判されねえかな」

「議員じゃないぞ。ともかく、このバスの真上に来させて、三人ともロープで吊り上げてもらう。人質は必要ない。ヘリの操縦士がいるからな。三十人もの子供を連れて行くわけにはいくまい」

「そりゃそうだ。しかし、どこへ行くんだ？」

「そいつはお望み次第さ」

と淳一は言った。「好きな所へ降りてもいいし、パラシュートで飛び降りてもいい」

「しかし、すぐに連絡されるぜ」

「無線を叩き壊しておきゃいい。そうだろう？」

「なるほど、そいつはいい手だな」

と太った男は顎を撫でた。

「そいつは信用できねえ。殺してやる」

とマシンガンの男。

「うるせえ！——よし、おめえ、段取りをつけて来い」

「分かった」

と淳一は肯いた。「子供たちには手を出すなよ」

「分かってらあ。さっさと行きな」

淳一はバスを出て、パトカーの方へと戻って行った。

「よかった！」

真弓が抱きついて来る。

「おい、まだ勤務中だろ」

「かまやしないわ。相手は何だって？」

淳一が事情を話すと、真弓は目を丸くした。

「ヘリコプター？」

「そうさ。あるんだろう？」

「そりゃある——と思うけど」

「頼りねえな。ともかくそうすりゃ、早く人質が助けられるんだ」

「分かったわ」

と真弓が肯いた。「私がウインクすりゃ出してくれるわよ」

「警視庁の物品管理はかなりルーズらしいな」

と淳一は言った。

4

「困ったわ」

と真弓がしかめっつらをして言った。

「どうした?」

「ヘリはあるけど操縦士がいないんですって」

「どうしてそんなことになるんだ?」

「そう何人もいるわけじゃないもの。一人は新婚旅行でグアム島。一人は盲腸で入院中。一人は別の用で出勤中……」

「全くひでえ話だな」

と淳一は首を振った。「いざ、ってときに役に立たなきゃ仕方あるめえ。少し泥棒を見習ってほしいぜ、全く」

「仕方ないじゃないの」

淳一はため息をついて、

「よし、じゃ俺がやろう」

と言った。

「やる、って……何を？」

「俺が操縦してやる」

「ヘリコプターなんて操縦できるの？」

「泥棒は何でもできなきゃつとまらねえのさ」

と淳一は言った。

「ずるいわ！」

と真弓が言った。「今度の休みには乗せてよ！」

「遊びに行くんじゃねえぞ」

と淳一は苦笑した。


ヘリコプターの爆音が近付いて来ると、バスの中の子供たちが一斉に騒ぎ出した。

「うるせえ！　静かにしろ！」

と太った男が怒鳴っても一向に効き目なし。

「見えたよ！」

「降りて来る！」

「カッコイイ！」

と窓から乗り出して大騒ぎだ。

ヘリコプターはバスの真上、二十メートルほどの空中に停止した。淳一は自動操縦のスイッチを入れると、ロープの先のベルトを腰へ巻いて、手もとのリモコンスイッチを押した。ブーンとモーターが唸って、体が降りて行く。バスの屋根の上へ、巧くバランスを取って降り立つ。

「おい！　遅かったじゃねえか！」

太った男が顔を出した。

「色々準備があるんだ。よし、このベルトをこう引っかけて一人ずつ上へ上がるんだ」

「よし。俺から行く」

「兄貴は重いから最後にしたら？」

「うるせえ！」

「手を貸してやろう」

と淳一は言った。

よっこらしょ、と太った男が上がって来ると、屋根がメリメリと音をたてる。

「よし、摑まってろよ」

「おめえはどうするんだ？」

「三人しか乗れないんだ。ここで失礼する」

「そうか。世話になったな」

「どういたしまして」

ロープが巻き上げられて、巨体が持ち上げられて行く。心なしか、ヘリコプターが少し下がったような気がした。

「それ、次だ」

今度はネズミ風の小男である。

「だ、大丈夫かい？」

「心配するな。すぐ着くから。――よし、これをつかんで。――達者でな」

小男が風で揺れるたびに悲鳴を上げながら上昇して行く。

「おい、お前さんは乗らねえのか？」

と淳一は、マシンガンの男に言った。

「乗るとも！——つべこべ言いやがると、撃ち殺すぞ」

「真っ青だぜ。大丈夫か？」

「うるせえ！」

やっとこバスの屋根に上がったものの、膝がガタガタ震えて、タラタラと脂汗を流している。

「お前、高所恐怖症なんだな？」

と淳一は言った。

「黙れ！　ぶっ殺すぞ！」

ヘリから、小男が顔を出して、叫んだ。

「早く来いよ！　どうってことないぜ！」

ロープが降りて来る。

「おい、大丈夫か？　何ならやめて自首するか？」

「う、うるせえ！」

とマシンガンをつかんで銃口を淳一の方へ向ける。何しろガタガタ震えているので、弾みで引金を引くかもしれない。

「おい、銃口をそっちへ向けてくれ」

「う、う、うるせえぞ！」

そのとき、太った男があわてふためいた顔を出した。

「おい！　騙されたぞ！　操縦士がいねえ！」

淳一の鉄拳が目にも止まらぬ早さで動いた。マシンガンの男は顎に一発、強烈なパンチを食って、バスの屋根から吹っ飛んだ。

淳一はリモコンのスイッチを押してロープを巻き上げてしまうと、パトカーの方へ向けて手を振った。

ワッと警官たちが走って来る。バスに乗っていた子供たちの母親が、一斉に走って来た。

「——上はどうなってるの？」

と真弓が言った。

「自動操縦にして、操縦席にダミーを置いて来たんだ。ちょっと後ろから見りゃ分からねえ」

「ダミー？　ああ、衝突実験なんかで使う人形ね」

「そうだよ」

「でも、どうするの？　あのまま放っとくの？」

「なあに、すぐ降参するさ。マイクを貸してみな」

淳一はマイクを手にして、「おい、聞こえるか？　今、そのヘリは自動操縦になっている。下手にいじると墜落するぞ。——分かったか。分かったら拳銃を投げて落とせ」

少しして、二挺の拳銃が放り投げられた。

二人の犯人を降ろすと、淳一は、

「じゃ、俺は操縦して戻るぜ」

と言った。「一緒に乗って行くかい？」

「ええ！　しばらく乗り回しましょうよ」

「さぼる気だな？」

と淳一は笑って、「ちょっと待っててくれ」と、マイクロバスに乗り込むと、すぐに出て来た。

「さ、行こう」

――ヘリコプターは東京の町並を見下ろしながら飛んだ。

「すてきねえ！――ほら、車があんなに小さく見える！」

と真弓は大はしゃぎだ。

「おい、あれ、分かるか」

と淳一が指さす。

「――あら、我が家じゃないの？」

「そうさ」

「庭には降りられないわよ」

「分かってるさ。ちょいと降ろす物があるんだ」

「何なの？」

家の真上で静止させると、淳一は懐から布の袋を取り出し、扉を開けて、その袋を真直ぐに落とした。

袋が庭の芝生へ狙い違わずに落ちる。

「あれは何？」

「例の宝石さ」

「ええ？　だって、さっきの連中が持ってたじゃないの！」

「あれは俺の用意したイミテーションだ」

「でも……あなた、すりかえなかったわ。私ずっと見てたんだから！」

「すりかえちゃいねえよ」

と淳一は言って、またヘリの高度を上げた。「——道田が集めたのがイミテーションだったのさ」

「どういうこと？」

「俺はゆうべの内に幼稚園の名を調べて、そこへ忍び込んだ。園児の名簿で、バスを使っている子にはちゃんと印がついててね。夜の間に、その全部の家へ忍び込んだのさ」

「全部？」

「そう。別に何も盗んだわけじゃないぜ。ちゃんとイミテーションを交換に置いて来ようと思ったんだ。ところが、どこにも宝石なんぞない」

「なかったの？」

「その通り。しかしせっかく持って行ったんだから、イミテーションを一つずつ置いて来てやったよ」

「それを道田君が集めて来たの」

と真弓が肯いた。「でも、今のは本物でしょう？」

「ああ、マイクロバスの座席の下へ入っていたんだ」

「呆れた。じゃ、誰も気が付かなかったのね？」

「そのようだな。ああキャーキャー騒いでちゃ、分からなくても不思議はねえよ」

「じゃ、あの犯人たち、宝石がすぐそばにあったのに……」

「灯台もと暗し、ってやつさ」

「――どこへ行くの？」

「警視庁へこいつを返さねえとな」

「ああもったいない。ハワイにでも行きましょうよ」

「無茶言うなよ！」

「じゃ、その辺の山の中にでも……」

「どうしようってんだ？」

「こういう狭い所で楽しむのも、悪くないわよ。ねえ？」

真弓が色っぽい目になって言った。

ヘリコプターの設計者から苦情が来るんじゃないか、と淳一は思った。しかし、どうかな。

もしかしたら、天にも昇る心地になれるかもしれない……。

解説

山前　譲

赤川作品のシリーズキャラクターとして三番目に登場した今野夫妻の活躍は、二〇一一年現在ですでに十七冊に達していますが、この『待てばカイロの盗みあり』はシリーズ第二作で、第一作『盗みは人のためならず』につづいての、装いも新たにしての徳間文庫登場です。読み応えたっぷりの表題作以下、「旅は道連れ、地獄行き」、「逃がした芝生は大きく見える」、「穴深し、隣は何を掘る人ぞ」、「天上天下唯我独占」と全五作が収録されています。

このシリーズ、タイトルがことわざなどのもじりになっているのは言わずもがなですが、本書のタイトルのオリジナルは「待てば海路の日和《ひより》あり」です。焦らずにじっくりと待っていれば、やがてよい機会が巡ってくる——なかなかこんな心境にはなれないかもしれませんが、では「カイロの盗み」とは？　その他の作品もよく聞くフレーズのもじりですから、気になる方はご自身で辞書をひもといてみてください。いえ、決して手抜きではありません！

赤川作品の三番目のキャラクターとしましたが、正確に言えば、シリーズ物を意識してスタートさせたものとしては三番目、です。第一は永井夕子と宇野警部、第二が片山兄妹と三毛猫ホームズであることは、よくご存じでしょう。

シャーロック・ホームズの例を挙げるまでもなく、ミステリーではシリーズ・キャラクターが大活躍してきました。それだけに、新たな人気キャラクターを創り出すというのは大変なはずです。なかなか「待てば海路の日和あり」とはいかないでしょう。

赤川作品ではやはり女性キャラクターの存在感が特徴的です。アガサ・クリスティのミス・マープルのように、昔から女性陣もミステリーで活躍してきました。しかし、犯罪という危険な事態に直面することの多いのがミステリーです。やはりどちらかと言えば、男性中心の物語が展開されてきたのは間違いありません。

それが赤川作品では、デビューして三十年以上経った現在に至るまで、圧倒的に女性のほうが元気です。男女雇用機会均等法ではなく、男性雇用機会尊重法を立法してもらいたい！　こんなことで興奮してはいけませんが、もちろん女性というキャラクターだけに頼ってきた赤川作品ではありません。そこになにかしら新感覚の要素をプラスαしています。

女子大生の永井夕子の相棒は、二十歳近く年上の警視庁の宇野警部です。最初の事件である「幽霊列車」で、夕子といわば探偵合戦を繰り広げ、夕子の名推理に圧倒されます。ところがその宇野と夕子が恋人関係に！

「年の差婚」が流行語になりそうな昨今では、ふたりの年齢差は違和感を感じませんが、「幽霊列車」の発表は一九七六年でした。時代をかなり先取りしていたカップルと言えないでしょうか。そして、快活な大学生とオジサン（！）のジェネレーション・ギャップが、謎解きのアクセントとなっていました。

つづいて登場した三毛猫のホームズもメスでした。もっとも、三毛猫のオスは超レアなんですが、ともあれ、猫が抜群の推理力を見せるのには驚かされました。そして、飼い主である警視庁刑事の片山義太郎は、いつも妹の晴美の尻に敷かれている……これはちょっと日本語としてはおかしいかもしれませんが、とにもかくにも、女性恐怖症の義太郎が、過去も将来もシリーズで主導権を握ることのないのは明らかです。

そして、今野夫妻です。これはまったく偏見ではないと思いますが、名探偵としての才能はどうやら夫の淳一のほうが……いや、もちろん妻の真弓も事件解決にかなり役立ってはいるとはいえ、やはり謎解きの中心は淳一でしょう。

にもかかわらず、真弓のほうが圧倒的に存在感のあるのは、けっして彼女が拳銃をやたらとぶっ放すせいではありません。二十七歳の若妻は、〝ちょっと、お転婆娘風のイメージを残す可愛い女〟でじつにチャーミングです。性格は大ざっぱ……いや、おおらかでざっくばらん、カラッとしたキャラクターは、夫の淳一や部下の道田刑事ならずとも、そして男女問わず魅力的に映るでしょう。その元気いっぱいの真弓のキャラクターも、時代を先取りしていたと言えます。

おしどり探偵といえば、これまたクリスティ作品でのトミーとタペンスが有名ですが、ミステリーの世界では珍しくありません。ただ、刑事と泥棒のカップルとなれば、これはやはり赤川作品ならではの趣向でしょう。

刑事はもちろん、ミステリーの世界ではかなり重要なキャラクターです。一方、泥棒も負けじと劣らず活躍してきました。一般的な知名度はないでしょうが、怪盗ルパンに先立つE・W・ホーナングの紳士泥棒ラッフルズや、怪人二十面相のルーツと言えるトマス・W・ハンシューの四十面相のクリークといった、古典的な泥棒たちは忘れてはなりません。

テレビや映画でも活躍したレスリー・チャータリスの聖者《セイント》ことサイモン・テンプラー、エドワード・D・ホックのニック・ヴェルヴェット、ヘンリー・スレッサーのルビイ・マーチンスン、あるいはドナルド・E・ウェストレイクのジョン・ドートマンダーなど、ミステリー界の泥棒は多士済々《たしせいせい》です。どうやって盗み出していくのか？　それもまたミステリーの楽しみのひとつとなってきました。

犯罪を捜査する立場の刑事と、犯罪を実行する側のその泥棒をコンビにしてしまう。それも夫婦に！　これはまさに意外性以外のなにものでもないでしょうが、ミステリー的には最強の組み合わせなのは間違いありません。そんな刑事と泥棒の、あるいは男と女といった、相反する要素の組み合わせが、今野夫妻のシリーズの特徴となっています。

たとえば論理と直感です。三十四歳の淳一は、ちょっと渋いマスクに、若々しく引き締まった肉体で、妻以外の女性も魅了していますが、事件の謎解きとなればじつに論理的です。表題作ではレストランで淳一が、名前を聞かれたあと、殺し屋に拳銃で撃たれそうになりますが、「プロが、雇われずに人を殺すと思うか？　それに、個人的な恨みなら、いちいち、俺の名前を確かめたりするはずがない」と、鋭く推理するのです。一方、真弓は直感的にすぐ拳銃を！

また、現実的な淳一と反対に、真弓の妄想は周囲を当惑させます。一番迷惑をこうむっているのはやはり夫でしょうか。いつも浮気を疑われ、目の前に突き出される拳銃にヒヤヒヤしているのですから。もっとも、真弓の言動が本当にやきもちなのか、はたまたおのろけなのか、深く詮索する気は毛頭ありませんが。そんな現実と妄想の狭間《はざま》でオロオロするのが道田刑事でした。

そして動と静です。まさに猪突猛進、とにかくすぐ体が動いてしまうのが真弓にたいして、淳一は慎重居士、じっくりと物事を見極めていきます。日本では血液型占いがずいぶん流行っていますが、そしてどこまで信じていいのか分かりませんが、今野夫妻が同じ血液型とはやはり思えません。

そうした二律背反的世界の今野夫妻が、読者もあきれる、いや憧れるほど仲睦まじいのは、事件解決という大きな目的があるからでしょう。けっして真弓は、むやみやたらに拳銃をぶっ放しているわけではありません。真相を摑むために必要な手段と考えている……と信じています。そんな今野夫妻にマッチさせたように（?･）、一風変わった事件ばかりのこのシリーズ、「待てば海路の日和あり」などとは思わず、すぐに読むことをお勧めいたします。

二〇一一年九月

この作品は１９８５年5月徳間文庫として刊行されたものの新装版です。なお、本作品はフィクションであり実在の個人・団体などとは一切関係がありません。

徳間文庫

夫は泥棒、妻は刑事2

待《ま》てばカイロの盗《ぬす》みあり

〈新装版〉

2011年11月15日 初刷
2025年6月25日 5刷

著者 赤《あか》川《がわ》次《じ》郎《ろう》
発行者 小宮英行
発行所 株式会社徳間書店
東京都品川区上大崎三—一—一
目黒セントラルスクエア
〒141—8202
電話 編集〇三(五四〇三)四三四九
販売〇四九(二九三)五五二一
振替 〇〇一四〇—〇—四四三九二
印刷
製本 株式会社DNP出版プロダクツ

ISBN978-4-19-893439-2